빠레, 살라맛 뽀

빠레, 살라맛 뽀

한지수 장편소설

작가정신

차례

프롤로그 • 7

1장 • 17

2장 • 57

3장 • 177

4장 • 229

에필로그 • 253

작품 해설 • 255

작가의 말 • 273

프롤로그

여기는 필리핀의 루이시따골프장. 오늘 받은 골프객들에게서도 슬슬 냄새가 나기 시작한다. 검버섯이 잔뜩 핀 노인과 그의 아들 내외. 이 세 명의 골프객은 가족이다. 노인이 볼을 날리자 며느리가 시아버지를 향해 간드러지게 "나이스 샷!"을 외친다. 아들은 아내의 눈치를 보다가 뒤늦게 박수를 친다. 노인과 아들이 볼을 따라 걸어가자 며느리가 내 옆으로 찰싹 달라붙는다.

"사업 제안을 할까 하는데요?"

드디어 본격적으로 냄새를 풍기기 시작한다. 노인이 죽든가 실종된 지 육십 일이 지나든가 하면 자연히 자기 수중으로 돈이 떨어지게 만들어놓았다는 것이다.

"저 노인을 죽여주면 상속받을 삼백오십 억에서 십분의 일을 주겠어요. 여기에선 식은 죽 먹기라던데요?"

이건 도저히 맡을 수 없는 고약한 냄새다. 사기꾼에게 살인 청부라니. 그런데 삼십오 억이라면 이야기가 달라진다. 카지노 꽁지돈을 갚고 나서 어디든 마음대로 갈 수 있고 치사하게 사기를 안 치고도 살아갈 수 있는 금액이다.

"제임스라고 불러주십시오."

나는 명함을 꺼내 며느리에게 건네며 능청스럽게 말한다. 명함에는 태극기 아래 내 사진이 찍혀 있고 한국대사관의 어시스턴트 '제임스 박'이라고 쓰여 있다. "니눔은 꼭 나랏밥을 먹을 겨" 하던 할머니의 예언대로 나는 지금 한국대사관에서 매달 삼백 불씩 받으며 자원봉사나 다름없는 심부름을 하고 있다.

이 근방에서 일어나는 사건 사고는 일단 내가 접수하고 영사관에 연락한다. 혹은 그 반대로 어디어디 사건이 발생했으니 우선 가달라고 영사관에서 나에게 부탁한다. 내가 처리할 수 있는 일은 영사들이 내려오지 않고도 내 선에서 마무리된다. 한인 사회의 장례 절차까지 내가 도맡아 하고 있는 실정이다.

"영사관 알바를 하시나? 그럼 일이 더 쉬워지겠군요."

며느리는 골프 모자 밖으로 굽실한 앞머리를 가지런히 내놓고는 갈색 눈동자가 훤히 보일 정도로 눈을 치뜨고 있다. 작은 키에 얄팍한 입술을 가진 이 여자는 얼굴이 고양이상이어선지 무척이나 영리해 보인다. 내게 치근거리는 눈빛을 보내오지만 도무지 정이 안 가는 인상이다. 게다가 아까부터 풍겨오는 저 느끼한 향수 냄새에 골이 지끈거린다. 내가 명함으로 시선을 돌리자 그것을 뒤집어 보며 여자가 감탄사를 연발한다.

"영일무역? 중고차, 카센터, 렌터카, 관광 가이드, 골프 부킹에…… 하는 일이 참 많으시네?"

오지랖이 넓어 주체할 수 없는 내게 영사관 일은 삶의 활력소다. 나서기 좋아하는 봉사 정신 밑에 깔린 자잘한 사기 근성은 최소한의 생계를 위해 필요한 일이지 애초에 사기꾼이 아니라는 말이다.

"못하는 일 빼고는 뭐든지 다 합니다."

나는 대답을 하면서 티샷을 준비한다. 노인 쪽으로 겨냥하는 제스처를 취한 후 볼을 날린다. 그리고 멀리 날아가는 공을 바라보며 눈을 가늘게 뜬다. 파란 하늘 아래로 그보다 더 파란만장한 내 과거가 스윽 펼쳐진다.

한국에서 일명 '빡가'로 불리던 나는 일생에 단 한 번 사기를 당했다. 당하고도 몰랐는지는 몰라도 내가 기억하는 사기는 그 사건 하나다. 그때 나는 죽도록 매를 맞았다. 그 일이 오늘날의 '제임스 박'을 만들었다고 해도 과언이 아니다. 의심이 많은 나에게 사기를 칠 수 있었던 사람은 전대미문의 사기꾼 '대니'였다. 사기꾼 대니의 인상착의는 이백 미터 앞에서도 눈에 뜨일 만큼 오묘하다. 상체는 건장하고 다리는 가는데 얼굴은 황색을 띤 것이 꼭 C형 간염 환자 같다. 게다가 색소결핍증으로 머리와 눈썹이 노란색이라 도무지 인종을 구별하기 어려운 외모를 가지고 있다. 대니가 영어로 말하면 미군 같고, 한국어 사투리로 말하면 다른 나라 피가 섞여 태어난 놈인가보다 싶고, 알아들을 수 없는 외국어를 쓰면 영락없는 외국 놈인 것이다. 게다가 어디서 구했는지 몰라도 미군 중위 신분증을 가지고 다니면서 사기를 치고 있었다.

그 당시 나는 평택의 미군 부대 앞 동네에서 살았다. 부모는 본 적도 없고 양색시인 고모와 의심 많은 할머니 밑에서 의심 어린 눈총을 받으며 살고 있었다. 카센터에서 일하고 있던 나에게 어느 날 사기꾼 대니가 찾아왔다. 대니는 미군 부대에서 근무하는 미군 병사 한 명을 대동하고 있었다.

"빡가 형님, 미군 차를 사고 싶다고 했습니까? 허머를 사게 해드리겠습니다."

한 번도 사기를 당한 적이 없을 정도로 의심이 많았던 나는 군복 차림의 대니가 보여주는 신분증과 그의 군바리 말투에 홀딱 넘어갔다.

나는 그날 평생 모은 돈을 들고 대니를 따라 대전의 미군 부대로 들어갔다. 대니는 나에게 그곳에 늘어선 수많은 허머들 중에 하나를 고르게 했다. 미군 지프차에 환장하던 나는 눈이 돌아갈 지경이었다. 곧 은색 바디에 검은색 지붕을 이고 당당하게 서 있는 한 허머를 보고 첫눈에 반했다. 대니는 내가 고른 허머 앞으로 가서 한 차례 웃더니 앞바퀴를 두 번 발로 탕탕 찬 다음 엄지를 치켜들었다. 그리고 사무실에 들어가 서류를 가져오겠다며 삼천만 원을 달라고 했다. 나는 아낌없이 모두 주었다. 그리고 미군 병사와 함께 그 허머 옆에서 대니가 나오기만을 기다렸다.

해가 저물고 어스름이 깔릴 때까지 대니는 나타나지 않았다. 미군 병사와 나는 대니를 찾으러 사무실로 들어갔다가 그 즉시 보안대로 끌려갔다. 미군 병사는 일당을 준다기에 따라왔다가 봉변을 당하고는 헌병대로 개처럼 끌려갔다.

나는 그곳에서 간첩 취급을 받으며 죽도록 매를 맞았다. 민간인이 어떻게 부대 안으로 들어왔냐는 질문을 시작으로 온갖 매질이 시작되었다. 그들은 때리는 데 도가 튼 인종이었다. 정말이지 죽지 않을 만큼만 뒈지도록 팼다. 맞다가 정신이 나가 간첩이라고 대답하면 맞아야 정신을 차린다면서 또 뒈지도록 패는 것이었다. 다음 생애에 맞을 매까지 그때 다 맞아버렸다! 그렇게 일주일 동안 맞다가 겨우 풀려났다. 그 일주일이 십 년 같았다.

그 후로 나는 어린 나이에 은퇴한 복서처럼 화려한 재기를 꿈꾸면서 빈둥거렸다. 그 꼴을 보다 못한 고모가 내 사업 밑천을 구하러 다녔다. 바로 그때 필리핀 팜팡가에서 대니를 보았다는 제보를 듣고 필리핀으로 온 것이다. 그러니까 여기에 발을 디딘 것이 벌써 십 년 저쪽의 일이다. 이 도시는 근대의 재앙이라고 불리는 피나투보 화산이 폭발했을 때 가장 많은 피해를 입은 곳이다.

처음 도착하던 날, 나는 이곳을 쉬이 떠날 수 없으리라는 막연한 예감으로 손등의 푸른 정맥을 하염없이 문질렀다. 눈처럼 하얀 화산재가 날리고 그것들이 바닥에 쌓여 재색으로 변해가고 있었다. 거리에서 콧등에 땀방울을 달고 무언가를 열심히 먹고 있던 사람과 커다란 눈동자를 반짝이며 낯선 이방인을 오래도록 바라보던 끈끈한 시선들. 그 끈적한 시선의 거미줄이 나를 꼼짝없이 붙잡았다. 왠지 그 모습이 전혀 낯설지가 않았던 것이다. 오래된 그림 같은 흑백의 풍경 앞에서 나는 잠시 당황했다. 마치 오래전의 나를 흑백사진 안에서 보고 있는 듯한 아련함을 느꼈다고나 할까.

그 후 한국에 있는 후배에게 이곳 중고차 매장을 소개해서 인수하게 해주고 내가 지점장으로 관리를 하고 있다. 그러다보니 내 넓은 오지랖 때문에 어쩌다 베푼 선행이 영사관에 알려져 어시스턴트 제의가 들어온 것이다.

중고차 매장은 존재 자체로 쓸모가 많다. 어디서 어떻게 냄새를 맡고 데려오는지 모르지만 대니가 끊임없이 고객들을 데려온다. 단박에 그 고객들이 한국의 사기꾼이라는 게 눈에 들어오지만 짐짓 모르는 체 내버려둔다. 결국 대니와 공생 관계를 이루고 소소하게 사기를 치며 살아가게 된 것이다.

가령 한국에서 국제결혼 회사를 운영한다는 고객들이 오면 매장을 잠시 빌려주고 사진을 찍게 해준다. 그러면 대니는 워킹스트리트로 들어가서 그 일대의 술집 여자들을 대거 동원해온다. 여자들을 매장 앞에 나란히 앉히고 국제결혼 현수막을 내걸고는 단체 사진을 찍는다. 사진에 있는 여자들이 모두 '착하고 예쁜 신붓감'으로 변신하는 순간이다. 고객들은 한국에 들어가서 그 사진으로 전단지를 만들어 돌리고 자동차 매장도 자기네들 외국계 회사라며 투자자를 모집할 것이다. 한국 사람 입에서 '투자'라는 말이 나오면 일단 사기라고 의심하면서 거리를 두기 바란다!

이때 대니는 아가씨들에게 메이크업을 받게 했다는 둥 유니폼을 제작해 입혔다는 둥 이런저런 명목으로 그들에게서 돈을 뜯어낸다. 사기꾼들에게 사기를 치는 놈이다. 대니와의 이런 관계가 바로 영화관에서 사먹는 콤보 세트 같은 거다. 굳이 콜라 한 잔이 더 필요하지는 않지만 세트로 샀을 때 늘어나는 양과 사은품 때문에 결국 콤보를 선택하게 되는 경우가 있지 않은가.

"나이스 샷!"

내 회상이 채 끝나기도 전에 며느리의 목소리가 능글맞게 들려온다. 며느리가 박수를 치며 다가올 때 내 휴대전화의 벨이 울린다. 영사에게서 온 전화다. 나는 일부러 큰 소리로 전화를 받는다.

"예, 영사님. 안녕하십니까? 자살입니까? 호텔에서요? 알겠습니다, 영사님."

큰 소리로 되묻는 나를 며느리와 아들이 눈을 동그랗게 뜨고 바라본다. 노인은 묵묵히 볼을 겨냥하는 연습을 할 뿐이다. 나는 전화를 끊고 나서 익살스럽게 말한다.

"제가 이 동네 이장이라 좀 바쁩니다, 예…… 끝나는 시간에 맞춰서 차를 이리로 보내드리겠습니다."

걸음을 옮기는 나를 며느리가 급히 불러세운다.

"시간은 일주일 드리겠어요."

내 명함을 흔들어 보이는 며느리에게 나는 여유를 부린다.

"정의의 바퀴는 느리게 돌지요. 특히 이곳은 뭐든지 느리게 움직입니다. 현행범도 칠십이 시간만 숨어 있으면 영장이 발부될 때까지 자유롭게 거리를 활보할 수 있으니까요."

나는 말을 마치고 재빨리 돌아선다.

1장

천사들의 도시, 이름대로 앤젤레스 시티다.

이 도시에서는 나를 제임스라고 부른다. 내가 지사장으로 있는 이 중고차 매장은 후배의 것이다. 원래 주인도 한국인이었는데 카지노에서 전 재산을 다 말아먹었다. 그는 마지막 남은 중고차 매장을 우리에게 헐값으로 넘기고 며칠 후 권총으로 자살했다. 그런데 자살이 아니라는 소문이 돈다.

내가 보아도 분명한 타살이다. 만약 이마에 대고 총을 쏴 자살을 했다면 총구멍이 나지 않고 주변 살점이 너덜너덜하게 헤졌을 것이다. 그런데 죽은 자의 이마에 또렷한 총구멍이 있었고 손에서는 아무런 화약 반응도 나타나지 않았다. 그건 누군가가 삼십 센티미터 이상의 거리를 두고 총을 쏘았다는 증거다.

이 천사들의 도시에는 카지노 꽁지돈 쓴 사람과 그 돈을 쓰고 권총 자살한 망령들의 이름이 전설처럼 떠돌고 있다. 내가 미치겠는 건 그 살생부 명단에 내 이름도 올라 있다는 것이다. 골프 부킹을 해주었던 손님이 한국에 들어가면 부쳐준다고 통사정을 하는 바람에 어쩔 수 없이 내 이름으로 꽁지돈을 빌려주었다. 그리고 그 손님은 마닐라공항에서부터 소식이 끊겼다. 하는 수 없이 매장에 있는 봉고차 네 대를 카지노 측에 내주고 차가 팔리면 돈으로 주겠다는 각서를 썼다.

자동차 매장의 쇼룸 맨 앞에 서 있는 그 봉고차 네 대를 보면 끓어오르는 화로 머릿속이 뜨거워지면서 수증기가 꽉 차오른다. 그리고 서서히 그 수증기가 지워질 때쯤이면 어김없이 권총의 총구가 보이면서 가슴이 서늘해지는 것이다. 하루에도 몇 번씩 이런 극심한 온도 변화를 겪다보니 부쩍 몸이 부실해진 것 같다.

매장에는 직원이 꽤 많다. 나와 임 부장이 한국인이고 나머지 열한 명은 여기 현지인이다. 임 부장은 자동차 기술자도 아니고 영어나 타갈로그어도 전혀 못한다. 그러므로 매장에서 임 부장의 위치는 있으나 마나 한 것이다. 딱 하나 임 부장의 장점이 있다. 외모가 완전한 현지인으로 보인다는 것이다. 현지인보다 더 현지인처럼 생겼다. 입만 다물고 있으면 아주 감쪽같이 속일 수 있는 얼굴이다. 그래서 내가 타갈로그어 몇 마디 배워놓으라고 신신당부를 했는데도 아직까지 세 마디만 한다. 빠레(친구), 디바(그렇지?), 살라맛 뽀(고마워). 뭐, 이 정도다.

그런 임 부장에게 월급을 주어가며 굳이 이곳으로 보낸 후배 녀석의 의도는 무엇일까. 혹시 나를 견제하기 위해서? 그런 생각으로 임 부장을 바라보면 그는 늘 입을 쭉 찢으면서 백치처럼 웃는다.

어쨌든 우리는 그 후배 녀석을 '장군'이라고 부른다. 정면에서 보면 큰 얼굴이 아닌데 옆에서 보면 앞 얼굴의 두 배나 길다. 옆으로 길다고 해서 처음엔 '빠스 대가리'라고 불렀다가 너무 심하다 해서 '대갈 장군'으로 불렀다. 그러다 그것도 좀 길다 싶어 그냥 장군으로 부른다. 자리가 사람을 만든다고 하더니 덩치며 얼굴이며 경영 방식마저도 볼수록 정말 장군 같은 놈이다.

장군보다 두 살이나 위인 임 부장은 늘 장군 앞에서 충직하게 머리를 조아리는데, 그 장면이 엄숙하고 경건하다 못해 어찌나 거룩한 인물을 대하듯 하는지 나도 모르게 주눅이 들 때도 있다. 하긴 어린 나이에 이 정도로 사업을 밀어붙이는 걸 보면 대단한 놈인 건 분명하다.

이곳에서 내가 유일하게 사귄 필리피노는 매장의 건물주다. 그는 몇 년 동안 내게 빠레로서의 돈독한 우정을 유감없이 보여주었고 어젯밤에도 내 골칫거리를 해결해주고 싶다고 했다. 최근의 내 골칫거리란 바로 워킹비자 문제다. 비자 신청을 한 지가 일 년이 넘었는데도 이민국에서는 이렇다 할 연락도 없이 연신 떡값만 받으러 나오는 것이다. 그런데 여기 떡값은 명절에만 받으러 오는 게 아니라 직원들이 번갈아가면서 수시로 걷으러 다닌다.

게다가 그 떡값이 천정부지로 오른다는 데에 문제가 있다. 자고 나면 올라가는 여기 떡값이 한국의 부동산하고 똑같다며 한인 회장은 틈만 나면 잔뜩 게거품을 물고 떠들어댄다. 게가 거품 무는 것을 본 사람은 알 것이다. 너무도 조용히 그저 보글거리기만 한다는 걸. 내가 알기로 사람이 그렇게 조용히 거품을 무는 경우는 쓰러질 때뿐이다! 그런데 이민국에서 떡값을 받으러 나오면 제일 먼저 봉투를 들이미는 게 바로 그 인간이다.

한인협회 회의에서 거론된 것이 바로 이런 문제였다. 도대체 이곳에 있는 대사관에서는 무얼 하느냐, 자국민의 불편을 발 벗고 나서서 해결해주기는커녕 외면하고 있다, 나라에서 굴러다니는 폐차 직전의 고물차들을 수출해서 돈을 버는 우리야말로 애국자가 아니냐, 세금 환급도 좋지만 일을 할 수 있게 해주는 것이 더 시급하다 등등. 그러나 그들은 옛날 우리 며느리들이 하던 시집살이의 전통을 아직도 고수하고 있다. 임기 사 년 동안 서류상으로 아무 일도 일어나지 않기를 바라면서 그저 눈감고 귀 막고 입마저 닫고 있다. 봉사 사 년, 귀머거리 사 년, 벙어리 사 년이라는 현대판 시집살이를 자처하고 있는 것이다.

사실 이곳에서의 생활 자체는 워킹비자 없이 가능하다. 내가 비자 문제를 기다리기만 한 것도 그래서다. 그런데 요즘 이민국에서 편법을 쓰기 시작했다. 워킹비자 없이 매장에 드나드는 것 자체를 불법으로 규정하고는 지금 그 틈새를 노리고 있다. '불법'이란 말이 내 인생에 끼어든 것은 처음이 아니다. 태어나면서부터 불법체류가 시작되었으니까.

호텔 미란다로 가려면 이 워킹스트리트를 지나가야 한다. 대부분의 남자들이 좋아서 환장하는 곳이다. 여기는 한번 빠지면 헤어나오기가 거의 불가능한 블랙홀 같다. 한마디로 신세를 조진다는 말이다. 물론 나도 한때 이곳에서 허우적거린 적이 있다.

피나투보 화산 폭발 이후 화산쇄설물로 인해 이곳의 공군기지 기능이 완전히 마비되면서 기지도 철수했다. 미군 기지가 이주하자 덜렁 유흥 단지만 남게 되었는데 그게 바로 이 워킹스트리트다. 단지 안에는 술집이 칠십여 곳이나 되고 집집마다 여자들이 사오십 명씩 늘 대기 중이다. 그 앳된 얼굴의 여자들이 한 집안의 가장인 경우가 허다하다. 더운 나라일수록 음기가 승해서 그렇다는 객쩍은 소리를 들은 것도 같다.

이곳은 밤이 되면 불야성을 이룬다. 붉은 네온과 여자들이 뿜어내는 열기로 후끈 달아오른다. 골프객들을 데리고 자주 찾는 곳이다. 십팔 홀을 거의 다 돌았을 즈음이면 고객들이 "십구 홀 돌러 가자"면서 일제히 나를 바라본다. 물론 그 십구 홀이란 이곳의 여자들을 의미한다. 그래서 여기도 거의 정해진 관광 코스나 다름없다. 그래서인지 이 지역에는 유난히 코피노(한국인과 필리핀인 사이에서 태어난 혼혈아)들이 많다.

한때 이곳에서 허우적거린 내 과거 때문에 하루가 멀다 하고 손님들이 찾아왔다. 남자아이들을 앞세운 유흥가 여성들이 매장으로 몰려온 것이다. 한국인이 아들을 선호한다는 사실을 알고 있기 때문이다. 물론 데려온 아이가 내 핏줄이니 생활비를 달라는 호소이자 협박이다.

처음에는 멀뚱히 나를 바라보는 아이가 짠해서 생활비를 주었다. 그러자 더 많은 여자들이 아이들을 데리고 매장으로 몰려왔다. 그녀들의 말에 의하면 아이들이 나를 쏙 빼닮았다는 것이다. 한 아이는 내 손을 닮았고, 한 아이는 발가락을, 한 아이는 입술이 닮았다고 우겼다. 내가 의심 어린 눈으로 고개를 흔들면 머리카락이 닮았다고 떼를 쓰면서 아이의 머리를 헤집어 내 눈 앞에 들이댔다. 그렇게 삼 년쯤 지난 어느 날, 처음 데려왔던 남자아이가 완전한 필리피노로 자라났다. 물론 그 아이의 엄마는 필리핀 남편도 있었다. 당연히 아이는 나를 닮은 구석이 털끝만큼도 없었다. 굳이 닮은 구석을 대라면 억울하고 겁먹은 듯한 불쌍한 표정이랄까. 그 후로 나는 아이들을 데리고 나타나는 여자들에게 호통을 쳤다. 친절하게 달래는 것보다 그런 으름장이 더 잘 먹혔다.

어쨌든 이 안에서 시작한 술집이 망해서 열쇠를 넘겨주기까지는 딱 칠십오 일이 걸렸다. 재기를 향한 몸부림치고는 좀 짧다는 생각이지만 나는 지금도 그 시기를 말할 때 꼭 '몸부림'이라고 표현한다. 아무튼 그 칠십오 일 중에 이십오 일은 영업 정지로 문이 닫혀 있었고, 열흘은 사기 친 놈을 찾으러 다녔으며, 일주일은 갈 곳이 없어서 열쇠를 가지고 있었다.

바로 그때 사기꾼 대니가 술집으로 나를 찾아왔다. 녀석과 나 사이의 전우애는 바로 그 순간 싹텄다고 할 수 있다. 그날 내 꼴을 본 대니는 "오 마이 갓, 빡가 형니임"을 외치면서 참회의 눈물까지 흘렸다. 그러고 보니 나는 기지촌에 버려져 자랐고, 그곳에서 일하다가 사기를 당했으며, 지금도 여전히 미군 기지가 남긴 잔해 속에서 살아가고 있다. 사람들이 말하는 팔자소관이라는 게 있기는 한가 보다.

내가 몇 년간 온몸과 마음으로 깨달은 두 가지는 여기 필리피노들을 믿지 말 것과 이곳에 있는 코리아노는 새로 들어온 코리아노를 상대로 사기를 친다는 것이다. 중국 놈 팬티를 입지 않아도 의심이 내 심중의 반을 차지하게 된 건 순전히 조건반사에 의한 것이지 내 심성이 원래 그런 건 아니라는 얘기다. 어릴 때 젖 대신 의심을 먹고 자랐다고 해도 어쩔 수가 없다. 하긴 엄마가 나를 낳고 삼칠일도 안 되어 집을 나갔다고 했으니 젖 대신 각종 눈총을 먹고 자란 것은 틀림이 없다.

타국에서의 화려한 재기에 대한 꿈은 지독한 배고픔을 남기는 것으로 끝이 났다. 나는 대니와 함께 한국으로 돌아가는 유학생들에게 UP대학교의 졸업장을 위조해주었다. 그건 누구에게 피해를 주는 일도 아니고 누이 좋고 매부 좋은 일이었다. 성적증명서도 위조해주면서 잠시 그 대학의 총장이 된 듯한 기분도 들었다. 그래도 세 끼니를 한국 음식으로 먹는 날은 드물었다.

일요일에는 주린 배를 안고 한인 교회로 갔다. 오로지 배가 고파서 교회로 갔다. 혈색이 좋은 목사님의 우렁찬 설교에 느닷없이 할

렐루야를 외치는 사람들 옆에서 깜짝깜짝 놀라다가 기어이 점심을 얻어먹고 돌아왔다. 지금도 교회 종소리를 들으면 조건반사처럼 배가 고프다.

호텔 앞에는 노란색 폴리스 라인이 쳐져 있고 그 주변에 사람들이 진을 치고 있다. 무슨 사건만 터졌다 하면 단 음식 주위에 몰려드는 개미 떼처럼 순식간에 새카맣게 몰려든다. 온 동네 주민이 사건에 굶주린 탐정으로 보일 정도다.

정문 앞에 서 있던 경찰 두 명이 나를 보더니 반기는 얼굴을 한다. 한인 사회에 사건이 날 때마다 마주치는 얼굴이다보니 이제 내 신분증 같은 건 필요 없다. 이럴 때면 괜히 어깨가 으쓱 올라가서 끌어내리느라 애를 먹는다. 나는 올라간 어깨를 끌어내리면서 그들이 내미는 서류에 사인을 하고는 사건 현장에 투입된다.

프런트 데스크 여직원에게 사건이 발생한 객실을 물으니 304호라며 아주 경쾌하게 대답한다. 사람이 죽었다는데 저렇게 명랑해도 되나 싶을 만큼 밝은 얼굴이지만 법에 저촉되는 게 아니니 어쩔 수 없는 일이다. 그 여직원 옆에서 뚱한 얼굴로 앉아 있던 매니저가 나를 발견하고는 잽싸게 달려나온다. 그러곤 내 팔을 붙잡고 외상값 하소연을 한다. 얼마라도 챙길 수 있을까 해서다.

"밀린 방값 밥값이 십이만 페소다, 제임스……."

우리 돈으로 삼백만 원이다. 어떤 놈인지 참 배짱도 좋다. 빚을 진 호텔에서 배은망덕하게 자살까지 하다니.

304호실 문 앞에 종업원들이 서 있다가 나를 보더니 손짓을 한다. 방에는 이미 감식반에서 나온 사람들이 현장 채취를 하고 있다. 한 명은 사건 현장을 그림으로 그리고 한 사람은 사진을 찍는다. 나머지 한 사람은 현장 증거물을 모으느라 눈을 휘둥그레 뜨고 있다가 나를 보더니 반색을 한다. 그가 수집한 증거물 중에서 유서를 찾아내는 게 내 몫이다. 자살이라면 유서는 한국어로 썼을 게 뻔하기 때문이다. 그런데 얼핏 훑어봐도 유서는 보이지 않는다. 한국어로 끼적거린 낙서조차도 없다.

나는 욕실 쪽을 슬쩍 바라본다. 순간 내 눈을 의심할 만큼 희한한 광경이 눈에 들어온다. 다시 눈을 좀 가늘게 뜨고 욕실 앞으로 다가간다. 못 볼 걸 보게 될까봐 두려운 마음이 눈을 가늘게 뜨게 만든다. 역시나 노란 브래지어가 눈에 들어온다. 브래지어를 걸친 채 벨트에 목을 매단 남자의 나신이 눈앞에 펼쳐진다. 평소에도 보기 드문 노란색 브래지어를 착용한 홀딱 벗은 남자라니……. 죽을 때는 옷을 입고 죽는 것도 예의라는 생각을 처음으로 해본다.

사건 현장을 그림으로 그리는 사람은 남자의 나신 위에 걸쳐진 브래지어에 노란색을 입히고 있다. 나도 증거를 남겨야 되므로 카메라를 꺼낸다. 셔터를 누르다보니 언젠가 보았던 얼굴이다. 기억을 더듬느라 얼굴을 가만히 들여다본다. 그런데 입안에 무언가 잔뜩 들어 있는 듯 볼이 빵빵하다. 처음엔 피처럼 보여서 무시했는데 자세히 보니 벌어진 입술 끝에 빨간 천 조각 같은 게 보인다. 이쯤 되면 뭔가 지독한 냄새가 나는 것 같다.

현장 사진을 모두 찍고 난 다음 영사관에 전화를 건다.

"자살인 듯한데, 부검이 필요할 거 같습니다."

나는 감식반원들에게 부검을 요청한다.

호텔 밖으로 나오니 시체를 실어가려는 앰뷸런스들이 떼거지로 몰려와서 사이렌을 울리고 있다. 이들은 각 장례식장과 연결되어 있기 때문에 시체를 차지하기 위해 치열한 경쟁을 벌인다. 그러나 시체를 넘겨주는 권한은 내게 있다. 바로 내 사인이 필요한 순간이다.

나는 그들 중에 일처리를 제일 잘하는 장례식장과 연결된 기사를 지목한다. 화장하는 일이며 사망증명서 발급까지 내 일을 좀 더 수

월하게 도와주는 곳이다. 다른 앰뷸런스 기사들이 내 팔을 붙들고 돈을 건네며 수작을 걸어온다. 사기를 칠망정 죽은 사람을 가지고는 장난하지 않는다. 타국에서 객사한 영혼일수록 잘 보내주는 게 도리다. 그런 게 내 자존심이다. 나는 짐짓 위엄을 갖추고 말한다.

"돈을 받지 않는다, 한국대사관에서는."

영문법을 제대로 갖추지 않아도 그런대로 서로 뜻이 통하는 영어다. 그러자 수작을 걸던 놈들이 일제히 돌아서며 영어로 욕을 해댄다. 개새끼에 엿 먹어라 등등. 못 알아들을까봐 그런지 이놈들은 욕할 때 꼭 영어로 해댄다.

법의관이 나오기를 기다리면서 대니에게 전화를 건다.

"대니, 맨날 자동차만 튜닝할 일이 아니다. 이젠 내 인생도 튜닝해야겠다!"

"와이 낫? 빡가 형."

이 자식은 어디서 배워처먹었는지 말 첫머리나 끝머리에 영어를 지껄여댄다. 오랜만에 만나면 이상하게 그 증세가 다시 도진다.

"대니, 난 더 이상 여기서 코리아노로 살기 싫다. 한탕하고 한국으로 가자."

"오, 노! 전 한국 못 돌아갑니다."

대니가 비장하게 말한다. 한국 가자는 말만 나오면 팔짝 뛰는 녀석의 말투다.

"야 인마, 이 나라가 풍수지리학상 여자 젖가슴 골짜기에 해당된단다. 그래서 남자들이 한 번 엎어지면 못 일어난다잖냐. 지 나라로 못 돌아가는 거야, 너처럼."

"오우, 형님. 여자한텐 다 앞으로 엎어지지 뒤로 자빠지는 놈도 있습니까?"

듣고 보니 그렇기는 하다. 권투를 할 때도 뒤로 넘어지면 대개 카운트가 다 끝나기 전에 일어나기 마련이다. 그러나 앞으로 넘어지면 그 게임은 끝난 것이나 다름없다. 절대 못 일어난다는 얘기다.

"암튼, 네놈이 들으면 혹할 일이 있어. 밤에 미모사콘도 안에 있는 일식집으로 와."

전화를 끊자마자 고모에게서 국제전화가 걸려온다. 내게 국제전화를 걸어줄 사람은 이제 미국에 있는 고모와 장군뿐이다.

고모는 길게 수다를 떨다가 전화를 끊을 때 반드시 "송충이는 솔잎을 먹어야 한다"는 말로 마무리를 한다. 엄밀히 따지면 고모도 솔잎을 먹고 있는 건 아닌 것 같은데! 어쨌거나 나는 여기가 좋다.

비자 문제나 꽁지돈에 쫓기지만 않는다면 말이다. 이 땅의 풍토, 그러니까 나 같은 인간도 뿌리내릴 수 있는 이곳의 토질이 편한 것이다. 게다가 한국에는 내가 먹을 솔잎이 없다.

이곳에서는 내 얼굴이 곧 아이디카드다. 이 도시에서의 내 위치가 그렇다는 얘기다. 상류층이나 외국인만 드나드는 쇼핑센터도 여권 없이 내 얼굴만 한 번 들이밀면 통과. 싸우다가 상대방의 코를 살짝 주저앉혀도 경찰서장 앞에서 내 얼굴을 그냥 신용카드처럼 한 번 주욱 긁으면 사건 종결이다. 때가 되면 경찰서장이 월말 결산하듯이 우리 매장에 슬쩍 들른다. 그때 저번에 긁은 카드 대금을 지불하면 되는 것이다. 그리고 그의 등을 두드리며 빠레를 세 번 외쳐준다. 그러면 그는 내게서 받은 카드 대금으로 술을 사고 다음 날 미모사콘도에서 만나 골프를 치기도 한다.

여기 미모사콘도는 한국에서 들어오는 골프객들로 늘 북적인다. 방학에는 중고등학생까지 몰려와서 아예 한국 골프장처럼 되어버린다. 부업으로 그들에게 골프 부킹을 해주다가 골프를 배웠다. 고객들이 요구할 때는 언제든 필드에 나가 상대를 해주어야 하기 때문이다. 사실 배웠다기보다는 그냥 치게 되었다. 골프를 하고 싶어서가 아니라 생존의 수단으로서 습득한 것이다. 그러니 폼이라는 건 없고 그저 홀에 공을 집어넣느라고 최선을 다할 뿐이다.

골프를 하기 전에는 고객들을 기다리느라 오전 시간이 무척 지루했다. 그러다보니 콘도에 널려 있는 미모사 앞에서 대부분의 시간을 보내게 되었다. 건드리면 오므라드는 이상한 식물이라는 걸 알고는 있었지만 그것의 이름이 미모사라는 것은 이곳에 와서야 알았다.

어릴 때 보았던 미모사를 이곳에서 처음 만났을 때 나는 하마터면 눈물을 쏟을 뻔했다. 나 같은 놈이 눈물을 쏟는다면 지나가던 이 동네 원숭이가 손가락질할 일이다. 그러나 사실이다. 아득한 고향의 여름이 다정하게 내 어깨를 두드리는 듯해서 왈칵 목이 메었던 것이다.

슬쩍 건드리거나 입김만 불어도 금방 잎을 접는 것이 신기해서 그 근방의 미모사들을 갖은 방법으로 건드리며 시간을 죽였다. 처음에는 그저 바라보다가 입김을 불어보았다. 천천히 얼굴을 들이밀고 손으로 만져보다가 옷깃으로 스쳐보기도 하고 나뭇가지로 찌르다가 발길질에 이단 옆차기, 그다음에는 침도 뱉으면서 수단과 방법을 가리지 않았다. 가해에도 가속도가 붙는다는 걸 그때 알았다. 그 꼴을 본 캐디들이 깔깔대며 지나갔다. 외압이 가해지면 수

분이 재빨리 밑동으로 내려가서 자신을 보호하는 식물이라며 캐디 하나가 아는 체를 했다.

그런데 한인협회 이사라는 작자가 나를 "미모사보다도 못한 놈"이라며 마닐라까지 떠들고 다닌다는 것이다. "밥 빌어먹다가 형편 좀 피니까 간이 배 밖으로 튀어나오더라"는 부연 설명까지 곁들여서 말이다. 그런 놈은 그냥 말 한마디로 천 냥 빚을 지는 놈이다. 찾아가서 냅다 돌려차기를 하려다가 참았다. 밥 빌어먹던 내가 이 동네 유지 행세하는 것이 배가 아픈 모양이지!

죽은 남자의 입안에서 여성용 티팬티 일곱 장이 나왔다. 핀셋으로 내용물을 꺼내놓은 법의관이 중얼거린다.

"티팬티 꺼내는 건 처음이네, 시체에서……."

잘생긴 법의관의 미간이 잔뜩 오그라든다. 나는 죽은 남자에게 물어보듯이 시체를 바라보며 중얼거린다.

"어떻게 그걸 다 삼켰지?"

각기 색이 다른 일곱 장의 팬티는 남자의 입안에서 해방되자 서서히 본래의 제 모습으로 돌아온다.

"주변 여성들부터 조사해야겠지? 카지노하고 술집 여자들부터 뒤질까?"

법의관은 내 말에 고개만 끄덕거린다.

"뭔가 냄새가 나는데……."

나는 계속 중얼거리면서 시체의 얼굴을 물끄러미 바라본다. 그러다가 문득 사 개월 전을 떠올린다. 바로 그 남자였던 것이다.

죽은 남자는 삼 개월 만에 한 번씩 갱신해야 하는 관광용 비자마저 갱신하지 않은 만성 불법체류자였다. 그렇게 불법체류로 눌러앉아 호텔 비용을 이백만 원씩이나 빚지고 있었다. 그래서 신고가 들어간 모양이었다.

영사관에서 나에게 연락이 왔다. 불법체류자를 한국으로 송환하는 일이었다. 나는 한국의 남자 집에 연락을 했고 다행히 남자의 누나와 연결이 되었다. 누나는 남자를 한국으로 송환하는 비용과 밀린 호텔 외상값을 영사관으로 보내왔다. 나는 그 돈을 가지고 남자가 묵고 있는 호텔로 찾아갔다. 이 부근에서 제일 비싼 호텔이었다.

남자는 돈을 보더니 눈깔을 뒤집으며 달려들었다. 그 돈을 갖기 위해 내게 갖은 모욕적인 말을 다 해댔지만 나는 꿈쩍도 하지 않았다. 모욕이라면 이미 당할 만큼 당해봤기 때문에 면역이 생긴 지 오래다. 살아온 인생 자체가 모욕인데……. 그런데 남자는 눈동자 굴리는 게 정상이 아니었다. 도박과 향락에 빠진 정도가 아니라 이미 영혼까지 다 바쳐 껍데기만 남아 있었다.

내 인내심은 삼십 분 만에 바닥이 났다. 면역력이 떨어진 모양이다. 나는 남자가 보는 앞에서 그의 누나에게 전화를 걸었다. 사정 이야기를 하고 돈을 내주어도 좋겠는가를 묻는데 갑자기 남자가 전화기를 빼앗았다. 그러고는 다 죽어가는 소리를 늘어놓기 시작했다. 그러다가 제 뜻대로 안 되는지 갑자기 돌변해서 갖은 욕지거리를 해대는 것이었다. 나처럼 굴러먹은 놈도 처음 듣는 온갖 희한한 육두문자를 다 동원해서 퍼부어대는데, 정말이지 미친놈이 따로 없었다. 남자가 게거품까지 물기 시작했을 때 결국 그의 누나도 포기했다. 하여튼 게거품 무는 인간들은 한결같이 시끄럽다!

나는 남자에게 영수증을 받고 돈을 건넸다. 돈을 받은 남자는 방금 마약한 놈처럼 순식간에 돌변했다. 미친 듯이 웃으며 호텔에 외상값을 지불하더니 날아가듯이 환락가로 들어갔다. 십구 홀이 있는 저 블랙홀 같은 워킹스트리트로.

그로부터 넉 달 뒤 욕실에서 목이 매달린 채 다시 만난 것이다.

법의관은 일단 목울대를 기점으로 해서 시체를 일직선으로 가른다. 자살인지 타살인지의 여부를 결정해야 한다. 지금까지 보고

된 수사 상황으로는 카지노에서도 혼자였고 호텔에도 혼자 돌아왔다. 그것은 시시티브이로도 증명이 되었다.

법의관은 이제 시체의 가슴을 열고 갈비뼈에 붙은 살을 발라낸다. 나는 그 장면을 일일이 카메라로 찍는다. 마지막으로 뇌 껍질을 벗기고 머리 상태를 살피는 법의관 모습도 찍는다. 사진 찍는 내내 나는 입으로 숨을 쉰다. 버릇이다. 몇 개월씩이나 삭아버린 시체들을 꺼내어 이리저리 살피다가 사진을 찍을 때의 악취는 정말이지 말로 설명할 수가 없다. 그때 생긴 버릇이라 요즘은 카메라만 들면 저절로 입으로 숨을 쉰다.

"사인은 분명 자살인데."

심장마비로 죽으면 귀가 거무스름하고 가슴을 열었을 때 폐나 심장이 커져 있다. 목을 매달았을 때도 배를 열고 울대를 빼내는데 자살일 경우에는 울대가 오그라든다. 법의관은 계속 중얼거린다.

"어디에도 상처가 없잖아…… 목, 갈비뼈 안쪽이나 뇌. 응?"

그러면서 나를 바라본다. 나는 대답 대신 죽은 자의 얼굴을 찍으며 자세히 살핀다. 렌즈를 통해서 사물을 볼 때면 전혀 새로운 것을 발견할 때가 종종 있다. 남자의 목에 감겼던 벨트와 브래지어, 색색의 팬티들을 렌즈를 통해 한 번씩 죽 훑어본다. 그런데 목을 묶었던 벨트가 압박붕대로 감겨 있는 게 눈에 들어온다. 미처 눈여겨보지 않았던 물건이다. 그런데 죽을 사람이 자기 목을 보호하려고 했다는 건가? 그건 죽을 생각이 없었다는 거잖아!

"법의관님, 이건 사고인 거 같은데."

"무슨 말이야?"

"한국 속담에 서당 개 삼 년이면 풍월을 읊는다. 내가 법의관 꼬붕으로 삼 년째야. 그러니 이제 부검도 하고 수사도 하게 된 거고. 이걸 봐."

나는 압박붕대가 감겨진 벨트를 두 손에 들고 법의관에게 내민다.

"죽을 사람이 왜 벨트에 붕대를 감았을까? 목을 다치지 않으려는 수작이야. 애초에 죽을 생각이 없었던 거야, 이 남자."

"……."

"그거 있잖아? 질식 상태? 그러니까 죽기 직전에 느낀다는 그 쾌락이 뭐 어쩌고 했는데……."

"오토에로틱 데스?"

"뭐?"

"오토에로틱 데스."

"잠깐만……."

나는 영어 단어를 검색한다. 자기색정사. 맞다. 법의관 따라다니느라고 의학 용어들을 외웠는데도 매번 벽에 부딪힌다. 눈치 빠른 법의관이 내 말을 이해한 것 같다. 나는 박수를 치면서 다시 설명한다.

"오케이, 그런 종류다. 자기색정사. 어쨌든 그런 거 같지 않아?"

"……."

"자살할 때 왜 노란 브라자를 입어? 난 그 장면 첨 봤을 때 그냥 미치겠더라. 그 이상한 엽기……."

"에로틱 페티시즘?"

"오케이, 페티시즘 같은 거. 하여튼 그런 요상한 쪽 사건이다 이거지. 첨부터 감이 확 오더라니까. 냄새가 났어, 났다구."

법의관은 시체와 그 주변과 나를 번갈아 쳐다보더니 장갑을 벗는다.

"사건 종결이네. 자기색정사 맞아. 스스로 목을 매 쾌락을 추구하다가 사고를 당한 거 같아."

"그렇지? 내 말이 맞지?"

"그래. 가벼운 질식을 유발하기 위한 건데, 타이밍 못 맞추면 황

천행이지. 이런 사건 부검은 처음이야. 내 말이 맞으면 여기 사인해."

나는 '사고사'란에 사인을 하면서 묻는다. 묻는다기보다는 혼자 중얼거린다. 처음엔 영어로 하다가 나중에는 한국어 욕으로 비약 발전한다.

"근데 이 남자 가족이 지금 한국에서 오고 있는데, 씨팔 뭐라고 말해야 되나? 저 지랄 하다 뒈졌다고? 에이, 진짜 엿 같은 시추에이션이네. 염병할, 그때 돈을 내주는 게 아닌데. 인내심이 좆같아서 니미랄……."

주변을 정리하던 법의관이 중얼거리는 나를 보며 불안한 표정을 짓는다. 그러고는 다짐하듯이 내게 묻는다.

"제임스, 여기 사인한 거 맞지? 그렇지?"

나는 만면에 웃음을 띠고 엄지손가락을 치켜들며 대답한다.

"오케이, 좆도 맞어."

그날 밤 미모사콘도 안에 있는 일식집에서 대니와 저녁을 먹는다. 대니는 일식을 오랜만에 먹는다면서 정신을 못 차린다. 나는 입맛이 없어서 젓가락을 놓는다. 대니의 식사가 거의 끝나갈 즈음 내가 오늘의 계획을 말한다.

"노인을 납치하면 되는 일이다."

대니는 입안에 있던 음식을 채 삼키지도 못하고 반문한다.

"예? 형님, 사기가 아닙니까?"

"여기 콘도에 묵고 있는 손님을 살짝 납치만 하면 돼."

"그런 건 납치범들이 하는 거잖습니까?"

"요즘은 분야가 따로 없어."

“사기꾼들도 상도덕이 있는 거 모르십니까?”

“야, 전문가가 따로 있는 게 아니라구. 남편이 아내 역할도 하고, 시인이 소설도 쓰고, 연예인이 책도 내고, 검사가 변호사도 되고…… 뭐 그렇게 하다보면 전문가도 되고 자격증도 따고 그런 거지. 안 그래?”

“그냥 간단한 사기가 아닌데요, 형님?”

“우린 이제부터 차에서 대기하다가 의뢰인 전화를 받고 움직인다. 오케이?”

“사람을 납치하는 건 처음이잖습니까?”

나한테 거액의 사기를 친 놈이 납치범 되는 건 꺼려지는 모양이다. 대니는 한참 만에야 겨우 고개를 끄덕인다.

“넌 그냥 내가 시키는 대로 하면 돼. 우린 콤보잖냐, 응?”

차 안에서 며느리의 전화를 기다리고 있을 때 장례식장에서 전화가 걸려온다. 고인의 가족이 도착해서 새벽에 염을 할 거니 와달라는 것이다. 제기랄. 인생이 걸린 큰 거사를 미룰 수도 없고…….

“대니, 새벽이 오기 전에 납치를 끝내야 돼.”

“어떻게요, 형님?”

다행히 한 시가 되기 직전에 며느리에게서 전화가 온다.

"노인네는 잠들었고 우리 부부는 잠깐 산책 나갈 테니 십 분 내로 움직여요! 현관 앞에 있는 노인네 옷하고 신발을 가져가서 나중에 증거품으로 보내시고요. 웬만하면 사고사로 보이는 게 좋겠죠?"

며느리는 무슨 암호를 말하듯이 일방적으로 몇 마디 하더니 전화를 뚝 끊는다.

"도대체, 이 여자 뭐야?"

이 약아빠진 며느리는 일부러 호텔로 들지 않고 보안이 좀 더 허술한 콘도로 예약을 했던 것이다.

"이건 너무 완벽하잖아? 이 여자, 꼬리가 스무 개는 달렸을 거야. 납치를 한두 번 해본 솜씨가 아냐."

"왜 그러십니까, 형님? 떨립니다."

나는 조수석 서랍을 열고 준비해두었던 주사기를 꺼낸다. 노인이 어떻게 나올지 몰라서 진정제를 준비해둔 것이다. 그걸 본 대니가 마른침을 꿀꺽 삼킨다.

"엄마 배 속에서부터 사기 친 놈이 왜 쫄구 그래? 너 개월 수도 속이고 일찍 나왔다며? 팔삭둥이로. 게다가 천하의 의심쟁이인 나까지 속인 놈이 왜 그래?"

말은 그렇게 했지만 나야말로 진정제를 맞고 싶은 심정이다. 말을 하면서도 내 목소리가 낯설어서 자꾸만 헛기침을 해본다.

"대니, 이 콘도 벗어날 때까지는 시동 끄고 운전할 거니까 네가 뒤에서 밀어야 돼. 빨리 내려서 밀어. 몇 채만 지나면 노인네 콘도야."

가뜩이나 C형 간염 환자 같은 얼굴에 핏기마저 가신 대니는 회칠한 가부키 배우처럼 보인다. 기모노만 걸치면 영락없겠다. 허옇게 질린 대니가 재빨리 차에서 내리더니 차를 밀기 시작한다. 어느새 우리는 노인네가 잠든 콘도 옆에 도착한다. 나는 차를 세운 다음 뒷자리의 문을 열어놓는다.

대니를 앞세우고 콘도 문을 연다. 며느리가 문을 열어놓아서 딸깍이는 소리도 나지 않는다. 역시나 현관 앞에는 노인의 셔츠와 신발 싸둔 것이 놓여 있다. 나는 그 셔츠를 다시 펼쳐서 신발을 놓고 돌돌 말은 다음 내 허리에 묶는다.

노인의 방까지 가는 길이 십 리도 넘는 것 같다. 우리 둘 다 양말을 신지 않아 맨발이 바닥에 붙었다 떨어지는 소리가 엄청 크게 들린다. 다음부터 이런 일을 할 때는 꼭 양말을 신어야겠다고 다짐한다. 그래야 발자국도 남기지 않을 게 아닌가. 이래서 모든 일에는 경험이 필요한가보다. 우리는 심혈을 기울여 아주 정성껏 찬찬히 걷는다.

잠시 후 노인이 잠든 방 문 앞에 선다. 우리는 동시에 서로를 바라보며 방문을 열라는 손짓을 한다. 결국은 내가 손잡이를 비틀고 슬쩍 문을 민다. 그런데 문 앞에 서 있던 대니가 허연 얼굴이 더 새하얘진다 싶더니 뒷걸음질을 치는 게 아닌가. 재빨리 녀석의 팔꿈치를 움켜잡고 방 안을 들여다본다. 하마터면 헉, 하는 비명을 지를 뻔했다. 분명히 잠들었다고 했는데 노인네가 그새 다시 일어났다 보다.

어둠 속에서 텔레비전 불빛을 받고 앉아 있는 노인의 얼굴이 귀신보다 섬뜩하다. 나는 대니에게 테이프를 건네며 노인네 입을 막으라는 제스처를 해 보인다. 얼떨결에 테이프를 건네받은 대니에게 나는 몸동작을 총동원해서 범행 리허설을 선보인다. '내가 먼저 노인을 덮치고 손을 뒤로 잡는다. 그러면 너는 테이프로 노인의 입을 막는다. 그리고 테이프로 발목을 감고 손목까지 묶는다. 그다음에 냅다 튄다.' 대충 알아들었는지 대니가 비장한 표정으로 절도 있게 고개를 끄덕거린다.

우리는 방으로 들어선다. 그제야 인기척을 느낀 노인이 우리를 쳐다본다. 대니가 말을 하려는 노인의 입에 테이프를 붙인다. 테이프가 입술을 반만 가리고 귀 쪽으로 붙는 바람에 떼었다가 다시 붙인다. 그사이에 노인은 "어, 읍" 하는 두 마디 비명을 지른다. 그런데 손을 뒤로 돌려 잡기로 한 내가 정신이 나갔는지 노인 앞에 털썩 무릎을 꿇고 주저앉는다. 다리의 힘이 모조리 빠져버린 것이다. 어찌된 일인지 대니가 리허설대로 착착 실행하고 있다. 가부키 배우 같은 얼굴로 묵묵히 노인의 발목을 묶고 손목마저 묶는다. 노인이 두 손을 모으고 살려달라고 비는 시늉을 하는 바람에 손목은 앞으로 묶인다. 대니는 거의 태엽이 감긴 자동인형처럼 움직인다. 시간이 꿈결처럼 아득하게 흐른다.

"빡가 형님!"

대니의 속삭이는 듯한 외침에 그제야 제정신이 돌아온다. 내가 노인의 겨드랑이에 팔을 밀어넣고 안아올리자 대니는 노인의 두 다리를 번쩍 들어올린다. 우리는 그 상태로 거실을 가로지르고 현관을 빠져나와 잔디를 밟고는 미리 열어놓은 차 뒷자리에 노인을 싣는다. 그리고 거의 무의식 상태에서 내가 운전석에 앉는다. 그러자 이번에도 대니는 차 뒤로 가더니 아까처럼 묵묵히 차를 민다. 차는 소리 없이 콘도를 빠져나와 가속도를 받아서 더 빨리 구른다.

잠시 후 정신을 차려보니 대니가 네 활개를 치며 달려오는 게 사이드미러에 보인다. 나는 그제야 브레이크를 밟고 시동을 켠다. 죽기 살기로 달려온 대니가 헉헉거리며 뒷자리에 올라탄다. 노인은 뒷좌석 아래에 엎어져 있다. 우리가 차에 실을 때 정신없이 던져둔 채로 꼼짝 못하고 있었던 것이다.

우리는 노인을 집 안으로 옮겨놓고 큰대자로 뻗어버린다. 천식 환자처럼 숨을 몰아쉬면서 내가 다음 계획을 말한다.

"저 노인을, 죽여야, 돈이, 나온다."

할딱거리던 대니가 발딱 일어나더니 외친다.

"오우, 노! 형님, 제 전공은, 살인이 아닙니다."

"가끔은, 전공 아닌 걸, 하면서 사는, 게, 인생이야, 인마."

"오우, 빡가 형님. 그냥 입으로 몇 마디 해서 스스로 돈을 가져오게 만드는 게 제 전공입니다. 절대로 피를 볼 수는 없습니다."

"야 인마, 만약에 너한테 사기당한 사람이 자살하면 그건 살인 아니냐?"

"절대로 죽을 만큼은 안 뜯어냅니다. 사기꾼에게도 상도덕이 있잖습니까. 막무가내 놈들이 있는가 하면 저처럼 소심하게 사기 치는 놈들도 있습니다. 입에 거미줄만 안 칠 정도죠. 게다가 직접 피를 보는 게 아니니까…….”

“야 이 자식아, 너 나한테 한 거 벌써 까먹었냐? 삼천만 원이면 자살할 수 있는 돈이야. 내 목숨이 질겨서 그렇지, 넌 살인자 될 뻔하다 모면한 줄이나 알어.”

“애초에 삼천을 부르려던 게 아닌데요, 제가 급히 한국을 떠나야 했습니다. 게다가 형님이 그때 하도 허머에 환장한다고 소문이 나서…… 그냥 한번 미끼로 던져본 건데 그렇게 덥석 물 줄은 저도 몰랐습니다, 진짜…….”

말을 하다 말고 대니의 얼굴이 서서히 공포에 찌들어간다. 나한테 다시 사기를 치는 게 아닌가 싶어서 말끄러미 바라만 본다. 그런데 물에 나온 물고기처럼 미친 듯이 온몸을 팔딱거리면서 뒤집어졌다 엎어졌다 하면서 울부짖는 게 아닌가.

“빠가 형님, 저 진짜 사람 못 죽입니다. 피를 못 봐요. 볼 수가 없습니다, 정말로요. 블러드 포비아라구요.”

“뭐? 이 자식이 왜 이 지랄이야?”

“오우 노, 형님. 피만 보면 속이 울렁거리고요, 맥이 빠져서 게거품 물고 쓰러집니다, 형님. 빨간색만 봐도 미쳐버린다니까요! 기절한 적도 있습니다. 제발…….”

노인은 거실 구석에서 그 꼴을 조용히 바라보고 있다.

"대니, 진정해봐 인마."

할 수 없이 노인 때문에 준비했던 진정제를 대니에게 주사한다. 그리고 노인과 대니의 손목을 하나씩 가져다 묶는다.

"대니, 정신 차려봐. 난 지금 장례식장 가야 돼. 오늘 욕실에서 목 매달아 죽은 놈 땜에. 빨리 진정하고 내가 올 때까지 노인네 잘 지키고 있어라. 주사 맞았다고 너무 진정해서 노인네 놓치면 우린 죽는다. 알았지? 그러니까 너무 진정하면 안 된다고. 알았어?"

나는 장례식장으로 가기 위해 옷을 갈아입는다. 현관을 나서려니까 죽은 듯이 누워 있던 대니가 부스스 일어나 앉는다. 노인과 나란히 벽에 기댄 꼴을 보니 둘의 인상착의가 무척 닮아 보인다. 다 죽어가는 얼굴이라 그런지 부자지간으로 보일 수도 있겠다 싶어 피식 웃음이 나온다.

장례식장에 도착해 화장 절차가 제대로 진행 중인지 살핀다. 그리고 염을 준비 중인 지하로 내려간다. 한국과 달리 이곳에서는 염을 하기 전에 피를 모두 빼낸다. 허벅지나 목의 대동맥을 따고 피를 빼낸 다음 그곳에 방부제를 넣는다. 그리고 얼굴에 곱게 화장을 시키고는 유리관에 넣는다.

지하로 내려가니 망자의 얼굴에 화장을 시키던 남자 둘이 쩔쩔매면서 나를 맞는다. 저렇게 비굴하게 웃을 때는 뭔가 구린 데가 있다는 뜻이다. 나는 망자가 눕혀진 곳으로 다가가 얼굴을 살핀다. 입술이 지나치게 빨갛다는 생각이 들어 자세히 들여다보니 피가 나오고 있는 게 아닌가. 이런 염병할.

"별의별 망할 새끼들을 다 봤지만……."

두 남자를 돌아보며 내가 다시 큰 소리로 외친다.

"너희들, 이리 와봐. 이빨 뺐지?"

"쏘리, 쏘리, 제임스."

"금이빨 뺐지?"

둘은 어깨를 움츠리며 내 쪽으로 다가오지도 못한다.

"죽은 사람을 이렇게 보내? 응? 가족들이 곧 볼 텐데!"

나는 허리춤에 손을 얹고 한참을 씩씩거린다. 내가 화난 얼굴로 계속 노려보자 두 남자는 미안하다는 말만 연신 해댄다. 그렇게 안절부절못하다가 마음을 가라앉히고 대책을 생각한다. 이왕 이렇게 된 거 어쩌겠나 싶다.

"너희들 이리 와봐. 피 안 나오게 입술 본드로 붙이고 마무리 화장 잘해라. 응? 네놈들 짤릴까봐 이번엔 말 안 하고 그냥 지나간다. 다음에 또 이러면 그땐 너희들이 이 관 속에 들어간다."

두 놈은 땡큐를 연발하더니 바삐 움직인다. 마지막 가는 길에 입을 막아놓으니 마음이 편치 않다. 그렇지만 가족들 맘이라도 편하게 해주는 게 도리일 것 같다.

고인의 가족은 세 명이 왔다. 누이와 아내, 어머니까지. 고인에게 아내가 있을 줄은 몰랐다. 어머니는 망연자실해 있고 아내와 누이는 담담한 표정이다. 나는 둘 중에 누가 누이인지 몰라서 슬쩍 떠본다.

"누나분 오셨어요?"

그러자 몸에 꼭 끼는 검정색 티셔츠를 입은 여자가 일어나 내 쪽으로 온다. 검정색이 여자의 또렷한 인상과 잘 어울린다. 나는 복도로 나오자마자 여자에게 묻는다.

"동생분에게 아내가 계셨군요?"

"아이들도 있어요. 사업하러 들어간다고 했을 때 모두 말렸었는데……."

여자의 눈에 그렁하게 눈물이 차오른다. 나는 그 모습을 외면하면서 힘들게 입을 연다.

“저기, 동생분은 자살하신 게 아닙니다. 그, 어떤 사고 같은 게 나서…….”

“목을 매달아 죽었다고 연락받았는데요?”

“그래요, 그래서 죽은 건 맞는데요, 거기에 약간의 사고가 있었다는 겁니다. 저기, 그 일반적인 자살의 경우는 일단 유서가 있습니다. 뭐, 물론 없는 경우도 많지만요…….”

나는 고인의 죽음이 사고사라는 것을 납득시키는 데에 아주 오랜 시간을 투자한다. 훌쩍거리던 누이가 한순간 눈물을 뚝 그치더니 단호하게 말한다.

“다른 사람들한테는 그냥 자살이라고 해주세요. 그런 종류의 죽음이라고는 말할 수 없어요.”

“그게 어려운 일은 아닙니다. 근데 제가 이런 일을 하다가 알게 된 건데요, 혹시 동생분이 보험 같은 거 들어놓은 게 있을까요?”

“그건 왜요? 보험은 있겠죠…….”

“남은 사람은 살아야 하잖습니까? 아이들도 있다면 더더욱 보험금이라도 타셔야죠. 저기, 제가 알기로는 자살이면 보험금 지급이 어려운 걸로 압니다. 사고사라면 당연히 보험금을 탈 수 있겠지만요.”

"……."

여자가 말없이 벽에 등을 기댄다. 눈물이 사라진 여자의 눈에 고뇌가 들어찬다.

"그러니까 자살이라 해도 사고사로 만들어야 할 판이라는 겁니다. 법에도 인지상정이라는 게 있거든요."

나는 말을 돌려서 이런 말 저런 말 되는대로 지껄이며 여자의 눈치를 살피다가 한국에 돌아가는 일정까지 미리 말해준다.

"저기, 화장이 끝나고 유골 들고 한국 들어가실 때 편하도록 아시아나에 미리 연락을 해놨습니다. 공항 가시면 알아서 도와드릴 겁니다. 마약 단속이 심해서요. 괜히 유골이 봉변을 당하기도 하거든요."

실제로 마약단속반이 아닌 일반 경찰들이 외국인을 체포해서는 마약 혐의를 씌우는 경우도 많다. 요구하는 돈을 그 즉시 지불하지 않으면 재판도 없이 갇혀버린다. 한국인들도 꽤 많이 당한다. 그 자리에서 돈을 주고 풀려난 다음 한국에 들어가 신고한 경우도 있고, 돈이 없어서 수용소에 갇혀 몇 년간이나 썩다가 죽은 경우도 있다. 여기 현지인들에게 평판이 안 좋은 경우나 가진 게 많은 사람은 좋지 않은 일을 당할 확률이 더 높다. 그 좋지 않은 일 중에는 총에 맞는 경우가 제일 안 좋다. 차라리 나처럼 빚을 지고 사는 게 목숨을 지키는 안전장치일 수도 있다.

내가 쓸데없는 말을 주절거리는 사이 여자가 마음을 정한 듯 벽에서 등을 뗀다. 그리고 한숨을 길게 내쉬더니 딱 두 마디를 내뱉는다.

"사실대로 알려야겠네요."

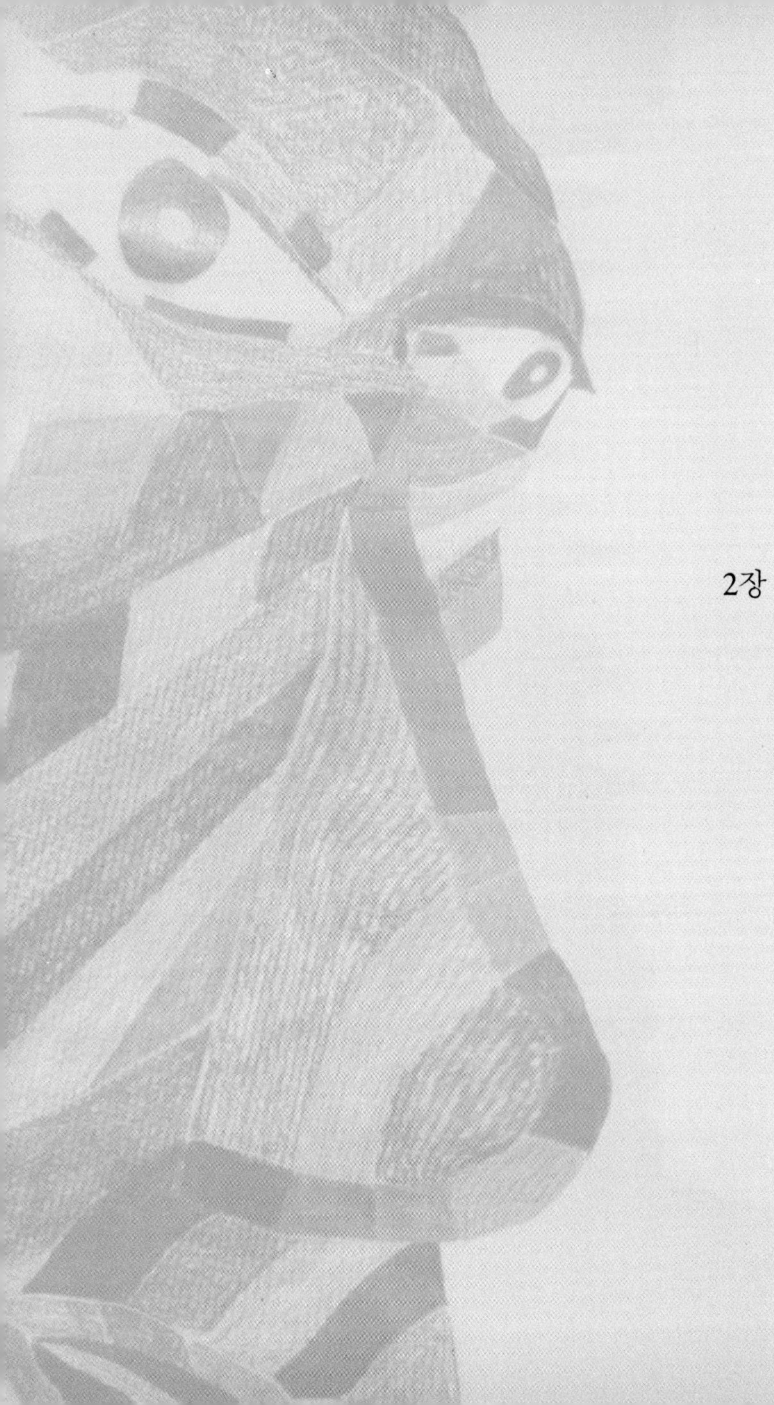

2장

납치 첫째 날. 날이 환하게 밝아서야 집에 도착한다. 건성으로 닫혀 있는 철제 대문을 밀고 들어서니 진돌이, 진정이가 유난히 나를 반긴다. 진돗개를 분양하는 한국인에게서 수놈으로 두 마리를 분양받은 것이다. 두 놈이 형제이다보니 다른 사람들은 진돌이와 진정이를 구분할 줄 모른다.

내 눈에는 두 놈이 판이하게 다르다. 두 녀석은 기질이 꽤 많이 달라서 이름 짓기도 쉬웠다. 진돌이는 철조망을 타고 올라서서 밥 달라는 몸짓을 하며 난리법석이다. 이놈은 늘 동적이고 공격적이다. 진정이는 원망하듯이 나를 빤히 바라보며 끙끙거리다가 컹, 하고 한 번만 짖는다. 그러고 보니 어제부터 밥을 주지 않은 게 생각난다.

서둘러 사료를 부어주면서 집 안에 귀를 기울여본다. 그런데 이상하다. 너무 조용하다.

나는 재빨리 현관문을 열고 거실로 들어선다. 거실에도 두 사람의 모습이 보이지 않자 순간 최악의 시나리오가 눈앞에 확 펼쳐진다. 진정제를 맞은 대니가 너무나 진정된 나머지 노인을 놓쳐버리고 찾아나섰거나 피를 보기 싫어서 노인을 다시 콘도에 데려다준 것은 아닐까. 어쩌면 노인에게 사기를 쳐서 투자 유치를 했을지도 모르지. 대니가 솜씨를 발휘하기에는 충분하고도 남을 시간이니까. 이런저런 생각을 하면서 침실 문 앞에 이른다.

빠끔히 열린 문을 슬쩍 밀자 서늘한 에어컨 바람에 오싹 한기가 느껴진다. 비좁은 등나무 침대 위에 두 쌍의 발이 보인다. 소도둑놈처럼 큼직한 발 두 개와 여자 사이즈로 보이는 윤기 잃은 두 개의 발이 서로의 영역을 정해놓은 듯 정확한 간격을 유지하고 놓여 있다. 두 사람은 묶인 손을 사이좋게 포갠 채 완전히 잠에 곯아떨어져 있다. 하긴 거실에 에어컨이 없으니 잠을 자려면 저절로 침실에 기어 들어가게 되어 있다.

문 여는 소리에 깼는지 노인이 벌떡 일어나 앉는다. 그리고 한참이나 주변을 휘둘러보더니 한숨 섞인 신음을 흘린다. 그 바람에 대니까지 깨어나 눈을 끔벅거린다.

"대니, 배고파 죽겠다. 개새끼들도 어제부터 굶었나봐."

가정부 아줌마가 없으니 주방에도 먹을거리가 변변치 않다.

"형님, 우리 한식 먹죠. 이 노인분이 빵을 드려도 안 드시는데요?"

"대니, 우리는 그 노인을 죽여야 되는 사람들이야. 우리는 가해자라구. 그 비싼 한식까지 먹이면서……."

그때 노인이 자유로운 한 손을 들어 자기 입을 가리킨다. 테이프를 떼어달라는 말이다. 그냥 자기가 떼어내도 되는 것을 굳이 범인들한테 해달라는 건 무슨 예의인가. 나는 테이프를 떼기 전에 다짐을 받는다.

"이상한 소리를 내시면 안 됩니다. 어차피 소리 질러도 달려올 사람 없어요. 이 동네 사람들 다 내 편이니까."

진짜로 노인은 눈으로 뭔가 말하고자 애를 쓴다. 그러자 대니가 노인의 입에서 재빨리 테이프를 떼어낸다. 그런데 노인은 의외로 웃고 있다. 게다가 '고맙다'는 말부터 한다.

"고맙네, 고마워. 살아오면서 이렇게 스릴 있었던 건 몇 번 되지 않는다네."

웃음을 띤 노인은 보통 달변가가 아니다. 한번 터진 입을 좀체 닫지를 않는 것이다.

"그런데 말일세, 나를 두 달간만 살려주면 안 되겠나? 대가를 지불하겠네. 돈 버는 방법도 알려주지. 공자님 말씀이, 궁즉통이라 했네. 궁하면 통한다는 거지."

노인의 말에 혹한 대니가 묻는다.

"정말입니까?"

나는 기가 막힌 나머지 대니의 뒤통수를 후려친다.

"야 인마, 너 사기꾼 맞아? 지금 저 말을 믿는 거야?"

노인이 손을 내저으며 항변한다.

"내 말을 믿게. 난 거짓말 안 한 지가 삼십 년이 넘었네. 삼십 년 전 내 평생에 너무 큰 거짓말을 했지. 그때 이후론 정직하게 살려고 지금까지 노력해왔네."

그러고는 묻지도 않은 자신의 지난날을 무슨 자서전처럼 풀어놓는다.

"돈은 참으로 쉽게 왔다가 쉽게 갈 수도 있는 요물일세. 못 믿겠나? 내가 젊었을 때 은행을 털었다네. 시인이 되고 싶었던 문학청년이 은행 강도짓을 한 거지……. 물론 내 손으로 한 건 아니고 은행 직원인 애인을 꼬드겨서 벌인 일이었어. 그때 아마 삼십오 억인가, 암튼 삼십 억이 넘는 돈이었지. 우린 그 돈을 갖고 일단 외국으로 튀었네."

대니와 나는 우리의 궁극적인 목표인 살인에 대한 생각을 잊고 노인의 이야기에 빠져든다. 정신을 차리려고 애를 썼지만 노인의 유창한 말과 매끄러운 목소리를 중단시키지 못하고 쩔쩔맨다.

"그런데 그때 내가 애인하고 튄 나라가 어딘지 아나? 바로 이 나라일세. 이러니 내가 자꾸만 이상한 생각에 빠지지……. 결국 노자님의 『도덕경』 말씀이 맞네. 인생무상, 공수래공수거. 결국에는 모든 것이 헛되고 헛되다는 뜻이지."

그러는 사이에 아침이 지나고 점심때가 돌아온다. 대니는 더 이상 참지 못하겠다고 중얼거리더니 노인과 제 손목이 묶인 끈을 풀어버린다. 그러고는 붙잡을 새도 없이 미친놈처럼 밖으로 뛰쳐나간다. 노인과 나는 무슨 일인가 싶어 서로 눈을 마주치고 끔벅거린다.

죽여야 되는 사람과 단둘이 앉아 서로의 눈을 바라보고 있자니 참 이 짓도 못할 짓이지 싶다. 이럴 때는 피해자인 노인이 미모사처럼 움츠러들고 내 시선을 피해야 하는 것이 아닌가? 그런데 노인은 내게 아주 적극적인 시선을 보내며 입술을 달싹거린다. 무슨 말인가 하고 싶어서 안달이 난 거다. 나는 노인의 시선을 피해 딴전을 피우다가 현관 입구 쪽에 머리를 두고 벌렁 누워버린다. 또 그렇게 한참 시간이 흐른다.

결국은 노인이 먼저 입을 연다.

"내가 지금 죽을 수 없는 이유가 있네. 이렇게 죽을 줄 알았으면 일찍 마무리를 지어놓았을 것인데 늙으니 또 자만하게 된 게야. 언제나 초심을 잃으면 안 되는 것인데. 애인을 이 땅에 버리고 떠난 것도 초심을 잃어버렸기 때문이지. 아무리 카지노에 빠졌다고 해도……."

참다못한 내가 벌떡 일어나 애원하듯이 절규한다.

"참 죄송하지만, 조금만 일찍 죽어주시면 안 되겠습니까?"

"글쎄, 나를 두 달만 살려주면 일을 마무리하고 나서 스스로 죽겠다니까 그러네."

"그러면 우리 계획에 차질이 생긴단 말입니다."

"자네들은 계획에 차질이 생기겠지만 나는 인생 막바지에 아무런 마무리도 못하고 죽게 되었으니 어느 쪽이 더 억울하겠는가?"

"피해자는 언제나 억울한 법입니다. 우린 이 일이 성공하면 이 나라를 뜰 겁니다."

"이보게, 언제나 성공한 순간부터 위기가 시작된다네. 자네가 날 죽인 순간부터 자네 인생은 위기에 봉착할 거란 말일세. 내 손에 거액이 들어온 순간부터 그 일을 성공시킨 내 애인에게는 위기가 시작된 셈이었지. 자네들은 아직 젊지 않나? 이 늙은이 말을 들어서 손해 볼 일은 없을 거네. 비우고 또 비우면 길이 보인다고 했지 않은가."

"아이고야, 그건 또 누구 말씀이십니까?"

"노자님 말씀이지."

"그냥 일주일만 살다 가시면 안 되겠습니까? 뭐, 일주일도 안 채우시겠다면 그건 어쩔 수 없지만요."

"노자님은 이루는 것보다 비우는 게 더 큰 성공이라 하셨네. 난 그걸 못한 사람이지…… 무위자연도 몰랐고, 허즉통 또한 몰랐던……."

그때 대니가 돌아온다. 무언가를 가슴에 꼭 끌어안고서 헤벌쭉 웃는다.

"족발을 사왔습니다. 배고프니까 갑자기 족발 생각이 나더라구요."

땀과 열기로 발그레한 대니의 얼굴이 윤기 흐르는 족발처럼 보인다. 우리 세 사람은 족발을 가운데 두고 모여 앉아 한마디 말도 없이 모두 먹어치운다. 노인도 먹을 것 앞에서는 말을 아낀다. 나는 마지막으로 뜯은 족발 뼈를 슬며시 내려놓고 일어선다. 노인이 분통 터지는 말을 시작하기 전에 재빨리 매장으로 나가기 위해 서두르는 것이다. 그러자 대니도 벌떡 일어선다.

"형님, 저도 집으로 돌아가고 싶습니다."

"너 미쳤냐? 노인네 혼자 두고 어딜 가?"

"언제까지 제가 돌봅니까? 어젯밤만 해도 죽을 지경이었습니다."

"돌보긴 뭘 돌봐? 아직 치매기는 없는 것 같은데. 대니, 우린 콤보 세트다. 특히나 이 사건은 너랑 내가 공범이라고, 알았냐?"

대니는 무너지듯 소파에 주저앉는다.

"형님, 이러다 내가 먼저 죽게 생겼습니다."

"대니 너, 오늘 장례 치른 남자처럼 네놈 벨트에 목매달 생각은 아예 말아라."

발칙한 입을 가진 노인은 눈을 휘둥그레 뜨고 우리를 바라본다. 손발이 안 맞는 멍청한 납치범들을 바라보며 두 눈을 불규칙적으로 끔벅거린다. 나는 죽는다고 발버둥치는 대니를 떼어놓고 재빨리 현관을 나선다. 한숨이 절로 나온다.

이제 곧 우기가 올 것이다. 일 년 중 가장 뜨거운 기간이다. 지금은 긴소매를 입고 버틸 수 있는 체질로 진화했지만 처음 이곳에 왔을 때는 위에서 내리쬐는 햇볕과 아래서 올라오는 지열에 그야말로 온몸이 오그라들면서 머리가 벗겨지는 것 같았다. 얘기를 하거나 길을 걷다가 문득문득 정수리를 쓰다듬는 습관은 그때 시작된 것이다. 습관처럼 왼손은 머리에 올리고 오른손은 바지 주머니에 찔러넣은 채 매장으로 향한다.

매장 입구에서 잠시 망설이다가 화장실에 먼저 들르기로 한다. 나는 화장실에 들어서면서 주춤한다. 분명 남자 화장실인데 또 여자가 있다. 며칠 전에 보았던 까만 단발머리가 오늘은 변기 위에 앉아 있다. 남자 화장실에 들어온 여자가 수줍어하기는커녕 배시시 웃기까지 한다. 내가 돌아서서 볼일을 보는데도 여자는 나가지 않는다. 나는 손도 씻지 않고 나와버린다.

나는 매장에 들어서기가 무섭게 타갈로그어로 소리친다.

"남자 화장실에 여자 못 들어오게 하라니까, 왜 말 안 듣나?"

그 말이 끝나자마자 여기저기 봉고차에 매달려 수리를 하던 직원들이 키득거리면서 몰려든다.

"보스, 정말 몰랐어요?"

이놈들은 장군이 보스라는 걸 알고 있다. 그러나 평소에는 나를 보스라 부르고 월말에 장군이 들어오면 장군에게 보스라고 부른다. 내가 눈을 치뜨며 직원들을 바라보자 한 놈이 내 앞으로 뭉그적거리며 다가온다. 그러고는 비밀을 속삭이듯이 말한다.

"그 여자 귀신이에요. 이 동네, 귀신 많아요. 화산 폭발할 때 죽은 사람들하고……."

녀석이 말을 다 마치기도 전에 내가 뒤통수를 올려붙이자 다른 녀석들은 쏜살같이 봉고차로 달라붙는다. 아닌 게 아니라 매장에서 귀신을 봤다는 직원이 한둘이 아니다. 그럼 내가 본 게 정말 귀신이라는 말인가. 말도 안 된다. 지금도 내 주변이 서늘해지면서 으스스하기는커녕 이렇게 더운데…….

나는 제일 신임하는 브랜트를 불러서 슬쩍 물어본다.

"브랜트, 너도 귀신 본 적 있어?"

"예, 보스."

"그래? 어디서?"

"여기서요."

"허, 그래. 그럼 어떻게 생겼는데?"

"머리가 없어요."

"가서 일해라."

브랜트는 제 목에 손을 갖다대면서 억울한 표정으로 다시 말한다.

"보스, 진짜. 노 헤드……."

나는 알았다는 손짓을 하면서 매장 앞 쇼룸으로 걸어간다. 오십여 대 정도의 봉고차가 촘촘히 주차돼 있다. 카지노 꽁지빚으로 내주었던 봉고차 네 대 중에 세 대가 팔려서 돈을 갚았지만 기하급수적으로 불어나는 이자 때문에 이제는 봉고차 여덟 대를 팔아야 한다. 그 전에는 내 맘대로 이곳을 떠날 수도 없다. 공항을 갈 때도 반드시 알려야 한다. 그러지 않으면 도망치는 것으로 오해한 저들이 내 이 가련한 몸뚱이에 총알 세례를 퍼부을 것이다.

한숨을 내쉬면서 봉고차들을 둘러보는데 임 부장이 청색 중고차에 달라붙어서 광을 내고 있다. 입을 벌린 채 땀을 질질 흘리면서 무아지경에 빠져 있다. 설령 여자 엉덩이라도 저렇듯 심혈을 기울이지는 못할 것이다. 가뜩이나 뜨거운 공기에 임 부장의 입김이 더해지는 꼴을 보니 또 머릿속에 김이 서린다. 멍청하게 저걸 손수 하고 있네. 저런 건 여기 현지 애들 시키면 되는 일이다.

한국에서 보낸 폐차 직전의 차가 들어오면 의자와 모든 내장 용품을 모조리 뜯어낸다. 차 내부를 완전히 들어내고 보면 별의별 물건이 다 나온다. 동전은 물론이고 숟가락, 젓가락, 스노우 체인, 녹은 사탕, 오줌 지린 자국처럼 니코틴이 번진 짜부라든 담배와 한 짝만 떨어진 귀걸이, 가끔 운이 좋으면 소화기와 낚싯대, 아가리에 실이 감긴 말린 북어까지…….

나는 그것들을 모두 한곳에 모아둔다. 심심할 때 뒤적거려보면 그런대로 재미가 있다. 어느 때는 차의 흠집 상태와 거기서 나온 물건들을 가지고 그 차의 사연을 죽 꿰어보기도 하는데, 그럴듯한 얘기가 나올 때도 있다. 카센터에서 일을 할 때 나름대로 터득한 기술로 차 상태를 보면 저절로 차 주인의 표면적인 성격이 떠오르는 것이다.

예전에 폐차장에 가서 부품을 떼어올 때도 그랬다. 사고 차량의 상태를 보며 운전자의 신체 손상 부위에 대한 견적서를 작성해보는 것이다. 저 차 주인은 지금쯤 다리를 절겠군. 혹은 뇌 뚜껑을 열었겠는걸. 저런, 적어도 사망 아니면 식물인간이군. 한참을 그러다보면 마지막에는 꼭 나에 대한 견적서가 떠올랐다. 그러면 나는 부품을 다 떼어낸 폐차로 달려들어서 있는 대로 부수고 깨고 짓밟았다. 운전할 수 있는 기운만 남기고 모든 힘을 써버렸다.

"보스, 얘기해줘요. 이 차에 대해서."

어느새 브랜트가 다가와 졸라댄다. 내가 스토리를 죽 꿰고 나면 브랜트는 언제나 한국에 나가고 싶다면서 입맛을 다신다. 그러나 오늘은 얘기할 기분이 나지 않는다. 머릿속이 실타래가 엉킨 듯 복잡하고 시끄럽다.

나는 남의 가족사진 한 장을 집어든다. 어깨동무를 한 부부 앞에 남자아이 두 명이 눈을 찡그리며 웃고 있다. 그런대로 행복해 보이는 그림이다. 나는 행복해 보이는 가족사진을 한참 들여다보다가 팽개친다. 그리고 삼십 센티미터가 넘는 북어를 사무실 출입문 위에 매달기 시작한다. 누군가 차를 사서 액땜을 하느라 고사를 지냈을 것이다. 차 부적인 셈이다. 이미 유통기한이 지났겠지만 표시가 안 되어 있으니 상관없다.

브랜트가 신기한 듯이 북어와 나를 번갈아본다.

"보스, 왜 그래요? 말린 생선?"

나는 손바닥을 비비면서 감회 어린 눈으로 말한다.

"너희들이 좋아하는 신이다."

브랜트가 못 알아들었다는 듯 눈을 껌벅거린다. 나는 녀석의 뒤통수를 딱 소리가 나도록 치면서 다시 말한다.

"몰라? 오 마이 갓!"

브랜트는 슬슬 물러나더니 봉고차로 가버린다.

이제 곧 본격적으로 중고차의 수리가 이루어질 것이다. 한 놈은 천장만 죽어라 닦아대고 한 놈은 차 바닥만, 또 한 놈은 차체를 갈아내고 도색하고 열처리를 마치고 광을 낸다. 그렇게 일주일 후면 완전히 새 차로 거듭나는데 절대 중고차라고 볼 수 없다. 옆에서 지켜본 나도 입이 떡 벌어질 정도로 완벽하다.

매장을 나서다가 임 부장 옆을 지나며 넌지시 한마디 던진다. 이런 건 애들 시켜. 임 부장이 학학거리며 고개를 들자 열기가 확 날아온다. 나는 뛰듯이 걸음을 옮긴다. 트라이시클이 달려와 나를 칠 뻔하다가 아슬아슬하게 비켜간다.

저 트라이시클이 여기서는 택시나 마찬가지다. 오토바이 몸체 옆에 함석으로 만든 것을 달고 거기에 사람을 태우고 다닌다. 두 사람 정도가 탈 수 있도록 그네처럼 만든 것이다. 내가 처음에 왔을 때에는 오토바이가 아니라 자전거였다. 그것이 점차 오토바이로 바뀌더니 이제 자전거는 찾아볼 수도 없다.

마을버스 역할을 하는 찌프니도 미군들이 떠나면서 버리고 간 지프차를 개조한 것이다. 지프차 앞대가리에 뒤 칸을 길게 만들어서 이어 붙였다. 그리고 기다란 벤치 두 개를 양쪽으로 달아서 손님을 태우고 다닌다. 함석으로 지붕을 얹고 알록달록한 색을 칠해 유치원 차량처럼도 보인다. 창문 같은 건 없다.

우리 매장 앞의 도로가 이 나라에서는 한국의 일 번 국도에 해당한다. 따라서 차량 이동이 엄청 많다. 저 찌프니와 트라이시클이 질러대는 경적 소리와 매연, 뜨거운 엔진이 토해내는 열기, 게다가 아래에서 올라오는 지열까지 더해져서 체감온도는 늘 사십 도 이상을 훨씬 웃돈다.

저 찌프니 뒤 칸에 시든 배추처럼 앉아 있는 사내들을 볼 때면 예전의 내 모습이 떠오른다. 그 한인협회 이사 놈의 말마따나 내가 '빌어먹을 때'는 저 찌프니나 트라이시클을 타고 다녔다. 가뜩이나 더운데 옆 사람의 체온까지 더해져 허벅지 아래로 스멀스멀 땀이 고일 때면 엉덩이를 앞으로 당겨서 땀이 밴 허벅지에 바람을 쏘여야 했다. 그때의 축축함이 떠오르자 진저리가 쳐진다. 저절로 이루어지는 체온조절법이다. 모든 생물은 다 환경에 맞게 진화하는 모양이다. 진저리를 치면서 말이다.

나는 매장에서 봉고차 한 대를 끌고 나온다. 어제 마닐라공항에서 들어온 고객들이 호텔에서 나를 기다리고 있다. 덩치 큰 남자들 다섯 명이 골프와 문신 관광을 왔다. 그들도 매일 십팔 홀이 끝나면 십구 홀까지 돌 것이다. 대충 봐도 어느 조직에 소속된 '형님'들로 보인다. 사무적인 말로는 조직원들이고 친근감 있게 말하면 득실이들이다. 덩치며 숨소리며 움직이는 것 자체가 어찌나 득실거리던지. 매장 직원들에게는 득실이라고 한국말로 가르쳐주었다. 경리인 엔젤라는 한국말을 배우면 월급을 올려준다는 말에 한국어 공부를 열심히 하고 있어서 발음이 꽤 좋다.

호텔로 가기 전에 집에 잠깐 들르는 게 마음이 편하겠다. 대니에게 노인을 맡겨두고 밖에 나와 있자니 일이 손에 잡히지 않는다. 팔자에 없는 객식구가 생겨 대낮에도 집을 뻔질나게 드나들게 생겼다. 누군가 이런 나를 보고 이상한 의심을 하는 건 아닌지 싶어 괜히 뒤가 켕긴다.

대문을 밀고 들어가 현관문 앞에 선다. 문을 열기 위해 주머니에서 급히 손을 빼낼 때 증명사진만 한 스티커 한 장이 손목에 달랑달랑 붙어 나온다. 아직도 뒷면이 끈끈한 것으로 보아 주머니 근처에 달라붙은 지는 오래되지 않은 것 같다. '사용 시 주의 사항' 스티커다. "부드러운 스펀지를 사용하시면 긁힘 없이 원상태로 오래 사용하실 수 있습니다"라고만 쓰여 있다. 몇 번을 소리 내어 읽어보아도 도무지 어디에 붙어 있던 것인지 알 수가 없다. 게다가 무엇을 주의해서 사용하라는 것인지.

대니가 현관 앞으로 달려나오며 소리친다.

"형님, 나 좀 풀어주십쇼. 갇힌 사람은 저 노인이 아니라 나인 거 같습니다. 저기 좀 봐요, 지금 이 상황을 즐기고 있는 거 같지 않습니까?"

등나무 소파 위에 올라앉아 느긋하게 커피를 마시는 노인이 보인다. 소파에 발목이 묶였지만 두 손은 자유로우니 뭐 응급 상황을 저렇게 즐길 수도 있지만……. 대니는 언제 이 일이 끝나냐고 발광하는 어린애처럼 징징거린다. 그러거나 말거나 나는 스티커의 용도를 찾는다. 보석이나 병아리 감별사처럼 집 안의 가재도구에 손을 대며 고개를 갸우뚱거린다. 대니에게 스티커를 보여주면서 묻는다.

"야, 이거 어디 붙어 있던 거냐?"

대니가 내 손등에서 스티커를 낚아채더니 나와 노인을 한 번씩 쓰윽 쳐다본다. 그러고는 자신의 이마에 턱 갖다붙이고서 나를 구석으로 몰아대면서 속삭인다.

"할아버지를 어떻게 죽일지는 정했습니까? 우연에 의한 사고사 말입니다."

"언제 저 노인이 네놈 할아버지가 됐냐?"

"아, 제가 그랬습니까?"

나는 피를 안 볼 수 있는 몇 가지를 생각했다고 말하며 대니를 올려다본다. 그런데 녀석 이마에 붙은 스티커를 보니 웃음이 비어져 나온다. 스티커 임자를 찾은 것 같다.

"그러고 보니 그거 네놈 사용 설명서구만? 잘 사용해라, 부드럽게. 그럼 오래 사용할 수 있단다."

그때 노인이 등나무 소파를 질질 끌면서 내게 다가온다. 대화를 하자는 것이다. 제발, 저 노인네 사용 설명서나 있었으면 좋겠다. 또 저 입놀림에 휘말릴까봐 서둘러 신발을 신고 나와버린다.

내가 외출하려는 걸 알았는지 진정이, 진돌이가 짖어대고 난리다. 얘들은 요즘 나만 보면 환장을 한다. 집 분위기 때문에 여차하면 굶을 수도 있다는 걸 직감적으로 알고 있는 거다. 나는 사료를 잔뜩 부어주고 물도 다시 부어준다. 진정이는 공격적인 진돌이를 피해 제 몸으로 밥그릇을 가리고 먹는다. 밥그릇이 따로 있는데도 밥 먹을 때는 서로를 경계하면서 으르렁거린다. 사람이나 개새끼나 제 밥그릇 지키기에 정신없는 세상이다.

차에 올라 시동을 켜는데 매장에서 전화가 온다. 매니저인 래미다.

"제임스, 네 손님, 드시리? 어쨌든, 그들이 매장에 도착했으니, 빨리 와라."

그사이를 못 참고 매장까지 걸어서 간 것이다. 덩치나 숨소리만 득실거리는 게 아니라 힘도 넘쳐서 주체를 못하는 모양이다.

매장에 도착하자 봉고차마다 득실이들이 올라타 앉아 있다. 여기저기서 시동을 걸어보고 난리법석들이다. 직원들은 이때다 싶었는지 일손을 멈추고 득실이들에게 두어 명씩 달라붙어 무언가를 설명하면서 키득거린다. 나는 타갈로그어로 소리친다.

"헤이, 너희들 일 안 하고 뭣 하고 있냐?"

직원들이 순식간에 흩어져 각자의 봉고차에 달라붙는다. 그러고 나자 득실이들이 나에게 한두 명씩 다가오더니 문신할 부위를 보여주며 구구절절 설명을 해댄다. 나중에는 윗옷을 훌러덩 벗어젖힌다.

"난 말이오 호랑이를 했는데, 다들 고양이라고 비웃어서 말이지……."

"아, 업그레이드를 해야겠네요, 형님."

나는 그들에게 형님이라고 굽실대면서 조직의 막내처럼 살갑게 군다. 굽실거려서 나쁠 건 없다. 팁이라도 더 나오니까.

"형님들, 문신 가게에 가면 말이죠, 문신장이들 중에 스승이 있고 또 제자가 있습니다. 문신을 새로 하시는 형님께서는 제자한테 받으시고요, 업그레이드나 리모델링하시는 분은 스승한테 받으시면 됩니다. 거기 스승이 리모델링 전문이거든요. 마닐라에 있는 문신장이보다 여기 스승님 솜씨가 더 뛰어납니다."

그들은 서로를 돌아보며 나를 치켜세운다.

"역시 소문대로군."

"소개받고 오길 잘했네."

"제임스 박은 한국에서도 유명하거든."

"나랏일도 하신다문서?"

그들은 문신 가게에 도착할 때까지 계속 득실거린다. 문신 가게에 도착하자 내가 예약한 대로 다섯 명의 문신장이가 문밖까지 나와서 기다리고 있다. 이들에게는 큰손님인 것이다. 게다가 내가 팁을 더 받도록 애써준다는 것도 알고 있다.

"업그레이드 필요한 형님 계십니까?"

내 말에 두 명의 득실이가 손을 번쩍 들더니 그중 하나가 웃통을 훌렁 벗어젖힌다. 오른쪽 삼두박근에 고양이 한 마리가 웅그리고 있다. 그런데 정작 본인은 계속 호랑이라고 우긴다. 또 다른 득실이는 허벅지에 거미줄만 잔뜩 쳐져 있다. 거미를 새기려는 찰나에 문신장이가 교도소에 들어갔다는 것이다. 나는 그들에게 묻는다.

"문신에 드는 돈을 아끼실 생각이십니까?"

두 명 모두 고개를 흔들며 일제히 손을 내젓는다. 나는 환한 얼굴로 문신장이에게 이렇게 주문한다.

"독이 오른 튼튼한 거미 한 마리, 그리고 고양이를 호랑이로 만들어놓으면 돈을 두 배로 주겠다."

받은 만큼만 최선을 다하는 게 여기 현지인들의 기질이다. 이렇게 하지 않으면 거미는 거미줄에서 곧 떨어질 듯이 다 죽어갈 것이고 고양이는 결코 호랑이가 될 수 없을 것이다.

아니나 다를까. 문신장이들은 혼신의 힘을 다해서 장인 정신을 발휘하기 시작한다. 그들이 뿜어내는 열기가 방 안을 꽉 채운다. 게다가 득실이들이 내쉬는 이산화탄소와 무분별하게 뿜어대는 방귀가 이상한 화학적 결합을 일으키는지 구석에 앉아 있는 내 정신이 차츰 가물가물해진다. 요즘은 참으로 고된 시간의 연속이다. 노인만 해도 그렇다. 이미 납치를 해버렸으니 이제 와서 콘도로 다시 데려다줄 수도 없고 우연에 의한 사고사를 찾기는 콩 구워 먹을 번갯불을 기다리는 것만큼이나 지루한 일이다. 어떻게 하든 마무리를 해야 하는데!

내가 거의 기절하기 직전에 드디어 문신 작업이 끝난다. 완성된 문신은 황홀하다. 빈 거미줄만 걸렸던 허벅지에는 독이 잔뜩 들었을 탱탱한 거미가 사타구니를 향해 기어가고, 삼두박근에서 웅그리고 있던 고양이는 완벽한 호랑이가 되어 금방이라도 달려들 듯이 포효하고 있다.

돈이야말로 언제 어디서나 고양이를 호랑이로 승격시킬 수 있는 막강한 권력이다!

납치 둘째 날. 대니와 나는 저녁 준비를 위해 바쁘게 뛰어다닌다. 집에 특별한 손님이 있으니 배달을 시키지는 못하고 우리가 뛰어다니는 것이다. 한식당에 부탁해서 찌개와 여러 무침들을 주문하고 족발 가게에서 족발도 사온다. 죽이더라도 평화적으로 죽이기 위해 노인에게 거하게 한 상 차려주기로 한 것이다. 드디어 거실에 잔칫상이 차려진다. 대니는 침대에 발이 묶인 노인을 거실로 데리고 나온다. 상다리가 휘어지도록 차려진 음식을 바라보는 노인의 눈이 점점 커진다.

"이거…… 이게 내 제사상은 아니겠지?"

이 상황에서도 결코 주눅 들지 않는 저 입을 보라! 죽이기 전에 저 입부터 막을 수는 없을까.

"아내는 막내딸을 낳고 다음 해에 죽었지."

나는 노인을 상 가운데에 앉히고 식사를 권한다.

"할아버지, 일단은 말없이, 맛있게, 여한 없이 드세요."

"병법 전문가인 손자는 스물아홉 살에 장군이 되었네. 산둥성 출신인데, 소주에서 장군이 됐지. 그 손자가 칠 년간 쓴 게 바로 『손자병법』이야."

"제발, 제발요. 그게 지금 무슨 상관입니까?"

"세상 사람들은 『손자병법』에 대해 오해하고 있네. 싸워서 무조건 이기는 방법인 줄 알고 있어. 다들 젊어서 그런가? 그건 아름다운 싸움의 기술인데 말일세."

"할아버지, 남이야 스물아홉 살에 장군이 됐든 일흔아홉 살에 장군이 됐든 우리랑은 상관없다 이 말입니다. 특히 이 밥상머리에서 『손자병법』을 들먹일 필요는 없지 않습니까, 예?"

"허허, 난 지금 전략적 변화의 포인트를 말하려고 한 거네."

"제발 부탁인데요, 이 잔칫상이 제사상 안 되게 하려면 일단 드십시오."

노인은 그 말에도 빙그레 웃더니 음식을 천천히 즐긴다. 후식으로 커피까지 마시고 나서 고맙다는 인사도 잊지 않는다. 그 순간 대니가 노인 앞에 무릎을 털썩 꿇는다. 노인이 무의식적으로 움찔 물러나자 대니는 노인의 손을 붙잡고 하소연한다.

"만약에 말입니다, 저희한테 고맙다는 마음이 조금이라도 있으시다면, 죽어주십시오."

대니는 아예 상체를 바닥에 붙이고 납작 엎드린 채 통사정을 한다. 제발 자살해달라고.

"할아버지, 그냥 자살해주세요. 저 좀 살려주십시오."

대니는 젊은이의 야망에 대해서 더욱 힘주어 말한다.

"정말이지 그렇게 해주신다면 이 두 젊은이의 앞날이 활짝 열릴 겁니다."

드디어 노인이 능란하고 불가사리 같은 입을 연다.

"내 큰아들은 여덟 살 연상의 여자와 결혼했네. 여자가 똑똑했거든. 자넨 저번에 봤지? 아들 녀석이 워낙에 물러터져서 말이야."

저 말이 전략적 변화의 포인트인가? 대니는 천천히 고개를 들고 일그러진 표정으로 노인을 바라본다. 한번 터진 노인의 입은 닫힐 줄을 모른다.

"돈 버는 방법도 수천 가지고, 따라서 죄를 짓는 일도 수만 가지네. 그러나 선행할 기회는 그리 많지 않은 게 탈이지. 자네들이 고전을 싫어하니 내 우스운 얘기 하나 해줌세. 처음 사업을 시작할 때였네. 내가 애인하고 은행에서 털어온 돈을 카지노에서 거의 다 날리고 마지막 몇 푼 들고 한국으로 들어가서 사업을 벌였네. 어쨌든 그게 내 사업의 씨앗이 되었지.

그때는 주로 중국에서 완구를 수입했네. 그곳에 출장을 가서 작은 호텔에 묵었을 때의 일이네. 막 씻으려는데 누군가 문을 세차게 두드렸어. 도어 렌즈로 밖을 보니 아까 프런트에 있던 할멈이었네. 내가 문을 열자마자 할멈이 실실 웃으며 중국 말로 떠들기 시작했는데, 정말이지 한마디도 알아들을 수 없었네. 웅얼웅얼. 왕왕왕. 히히히. 이건 뭐 도대체가 웃음소리밖에 알아들을 수가 없는 거네. 나중에는 할멈이 두 손으로 무슨 콜라병 같은 곡선을 마구 그리기까지 했네."

노인이 숨 쉬는 틈을 타서 내가 벌떡 일어난다. 얘기를 어디쯤에서 끊기는 끊어야 하는데 노인네가 도무지 기회를 주지 않는다. 입을 벌리고 앉아 경청하는 대니를 보니 억장이 다 무너진다. 나는 대니의 목덜미를 잡아끌고서 마당으로 나온다. 키 큰 대니의 목덜미를 내가 잡긴 했지만 누가 보면 영락없이 내가 그의 뒷덜미에 끌려가는 꼴로 보일 것이다.

"대니, 아무래도 너의 자살 권유는 실패로 돌아간 것 같다."

"아직 할아버지 얘기가 안 끝났는데요?"

"정신 차려. 그리고 너, 여기 현지인 중에 나무 잘 타는 남자 하나 섭외해놔."

"왜요, 형님?"

"넌 계속 저 노인네 입만 쳐다보고 살 거야? 자살해달라고 살살 빌다가? 이러다 사람들 눈에 띄기라도 하면 네놈 사기꾼 인생도 그날로 끝장이야."

대니는 대답 없이 도리질을 해댄다.

"내 말 잘 들어, 대니. 현지인한테 오백 페소만 주면 얼씨구나 할 거다. 야자수에 올라가서 야자열매에 톱질해놓고 기다리라고 해. 나무에 표시를 해놓고서. 그럼 우리가 노인네를 그 나무 아래로 끌고 가는 거지. 그 정도 높이에서 떨어지는 야자열매에 제대로 맞으면 끝장나겠지, 뭐. 노인네라 아마 순식간에 갈 거다. 중요한 건 천재지변에 의한 사고사라는 거지."

"기절시켜 죽이는 거니까, 괜찮겠죠! 그렇죠, 형님?"

"그럼. 이 정도면 노인에게 예의도 갖추는 거지. 열대지방에서,

그것도 열대 나무 아래서 죽는 건데, 로맨틱하지 않냐? 그리고 나이 먹은 노인넨데…… 뭐, 이 정도면 거의 자연사 수준이지. 안 그래?"

대니는 쏜살같이 밖으로 달려나간다. 나는 개집 앞에 쭈그리고 앉아서 담배를 몇 대나 피우면서 머리를 굴려본다. 당장은 야자수밖에 떠오르지 않는다. 성공 확률은 언제나 절반이다.

초조한 마음으로 거실로 들어서는데 주방 입구에 붙은 피나투보 화산 사진이 눈에 들어온다. 아니, 눈에 들어오는 정도가 아니라 가슴으로 달려든다. 만약에 이번 거사가 실패하면 저 화산으로 가서 일을 꾸며야겠다.

"그래서 말이네……."

노인이 어정쩡하게 서 있는 나에게 말을 건넨다.

"내가 어디까지 얘기했더라?"

"웅얼웅얼, 왕왕왕…… 콜라병요."

"맞어, 콜라병. 그렇지. 손짓 발짓 다 하던 할멈이 제 가슴을 막 두드리며 답답해하더니, 거기 탁자에 있던 메모지에다 뭔가를 그려서 내게 주더군. 뭐였겠나? (손을 허공에 휘저으면서) 女. 계집 녀 자였다네. 여자를 불러주겠다는 뜻이었지. 할멈과 나는 동시에 서로 손가락질을 하면서 웃어댔다네. 그래서 내가 "이왕이면"이라고 말하면서, 그 메모지에다 한 자를 더 추가했네. 女 자 앞에 적을 소 자를 써서 할멈에게 주었던 거지. 할멈은 그 '少女'가 적힌 쪽지를 보더니 풍선에서 바람 빠지는 소리를 내며 한참을 웃어댔지. 그러고는 눈을 허옇게 흘기면서 내 팔을 한 번 콱 꼬집더니 바람을 일으키며 사라졌네."

노인의 무용담이 무르익을 무렵 대니가 돌아온다. 대니는 손가락으로 동그라미를 만들어 내게 오케이 사인을 보낸다. 노인네는 하던 얘기를 마저 끝낼 생각인지 대니더러 앉으라는 손짓을 한다. 그 모습이 전혀 어색하지가 않다. 마치 제집에 온 손님에게 하는 것처럼 우아하기까지 하다. 거부할 수 없는 카리스마도 느껴진다. 주춤거리던 대니는 그 자리에 무릎을 꿇고 앉아버린다.

"한참 후에 말이네, 진짜로 할멈이 웬 여자아이를 데려왔네. 정말로 소녀를 데려온 것일세. 글쎄, 그 어린 소녀는 노곤한 얼굴로 방에 들어서자마자 침대 끝에 앉더니 끄덕끄덕 졸기 시작했네. 어쩌면 말일세, 나는 그때 '작을 소小' 자를 썼어야 했는지 모르네. 그랬더라면 키가 작은 여자를 데려왔을 텐데 말이지…… 내 그때 깨달은 걸세. 욕심이 과하면 안 된다는 거 말일세."

"그러게 말입니다."

대니는 노인의 말을 넙죽 받는다.

나는 말없이 앉아 있다가 정신을 차리기 위해 발딱 일어선다. 그러고는 대니의 엉덩이를 발로 차면서 일으켜 세운다.

"이제 날이 어두워질 때가 됐어. 정신 좀 차리자 대니, 응?"

잠시 후, 어스름한 숲에 도착한 우리는 야자수를 찾아헤맨다. 입에 테이프를 붙인 노인은 손목이 묶여 있어 제대로 걸을 수 없다는 제스처를 해 보이며 자꾸만 투정을 부린다. 신경이 잔뜩 곤두선 나는 노인의 투정에는 아랑곳하지 않고 대니를 재촉한다.

"대니, 나무에 어떤 표시를 한다고 했냐?"

"자기 셔츠를 묶어놓는다고 했습니다."

"셔츠가 무슨 색깔인데?"

"그건 안 물어봤는데요!"

갑자기 노인이 어딘가를 가리킨다. 묶인 두 손을 앞으로 내밀며 자꾸만 손짓을 해대는 것이다. 그쪽을 빤히 바라보니 정말로 뭔가 펄럭이는 게 보인다. 펄럭거리는 셔츠를 발견한 대니가 야자수를 향해 뛰어간다. 나는 노인을 힐끗 돌아보며 실소를 터뜨린다. 이거야말로 자기 무덤을 파고 있는 꼴이 아닌가.

천천히 노인과 함께 걸음을 옮기는 순간 묵직하고도 짧은 단말마의 비명이 들려온다. 나는 노인을 끌다시피 하며 소리가 난 곳으로 급히 걷는다. 현장에 도착하자 팔자타령이 절로 나온다. 정말이지, 오 마이 갓이다!

펄럭이는 파란 셔츠가 묶인 야자수 아래 대니가 큰 대 자로 뻗어 있다. 물론 대니의 머리를 강타한 야자열매는 아무 일도 없었다는 듯 시치미를 뚝 떼고 야자수 아래 조용히 놓여 있다.

나는 대니와 노인을 동시에 끌고 오느라 아주 죽을 기를 쓴다. 먹었는지조차 모르는 젖 먹던 힘까지 다 짜내느라 오 년은 폭삭 늙어버린 것 같다.

납치 셋째 날. 노인의 얼굴에서 평화의 빛이 사라지기 시작한다. 사경을 헤매던 대니가 새벽에야 깨어나는 일련의 과정을 지켜보면서 느끼는 게 있는 모양이다. 게다가 혼수상태에서 일어난 대니가 갑자기 노인의 멱살을 붙잡고 소리를 꽥 질러댄 것이다.

"할아버지 대신 내가 죽을 뻔했잖아요."

노인은 삶에 대한 두려움, 아니 죽음에 대한 두려움을 느끼고 말을 더듬기 시작한다. 자신이 평생 후회하는 일이 있다는 것이다.

"그, 그건 바로 애인한테 내가, 내가 저지른 일이지……."

우리는 더 이상 능란한 화술에 현혹되지 않기 위해 노인의 입에 투명 테이프를 붙여버린다. 그리고 그 위에 마스크를 씌운다. 그 모습은 우리가 보기에도 마음 편하고 혹시 누가 보더라도 자연스러울 것이다.

오늘의 일정은 이렇다. 우리는 노인과 함께 피나투보 화산에서 보트를 탄다. 화산에 고인 서늘한 호수 위에 보트를 띄운다. 그 보트에는 구멍이 살짝 나 있다. 그리고 서서히 보트의 바람이 빠져서 가라앉을 때쯤 두 젊은이는 헤엄을 쳐서 뭍으로 돌아온다. 노인은 차디찬 화산 물속으로 가라앉는다. 심장마비를 일으키거나 질식할 테니까. 그러면 최소한 피를 보지는 않을 것이고 당연히 사고사로 처리될 것이다.

대니는 노인의 손을 테이프로 감으면서 말한다.

"할아버지, 우리 같은 사기꾼한테 납치당한 걸 행운으로 아셔야 합니다. 여기 심부름센터 애들이 데려갔으면 말입니다, 지금쯤 어느 땅속에 계실 겁니다. 한식은 꿈도 못 꿔보고요."

내가 대니의 말에 합세한다.

"단언컨대, 결코 이 세상 사람이 아닐 겁니다."

우리는 노인을 차에 태운다. 피나투보 화산까지 가려면 시간이 좀 걸릴 것이다.

우리가 호수에 도착했을 때 관광객 몇 명이 호수 주변에서 돌아갈 채비를 하고 있다. 그래도 우리는 범행을 밀고 나가기로 한다. 우리의 모습은 아픈 노인네를 모시고 배를 타는 젊은이들로 보일 테니까. 마스크까지 쓰고 있는 노인의 모습은 영락없는 환자다.

내가 먼저 보트에 오르고서 노인에게 손을 내민다. 계획을 눈치 챘는지 노인은 두 손을 풀어달라고 내민다. 누가 볼까봐 재빨리 대니에게 풀어주라는 눈짓을 보낸다. 대니가 서둘러 테이프를 자른다. 노인이 보트에 타자 노인에게 묻는다.

"입에 붙은 테이프도 떼어드릴까요?"

노인은 고개를 젓는다. 아마도 이제는 삶을 포기하려는 게 아닐까. 그러고 보니 웃음기가 사라진 노인의 눈은 골똘히 생각에 빠져 있어 비장함마저 어린다. 그러거나 말거나 대니는 호수 위로 보트를 밀어서 띄우고 올라탄다.

우리가 호수 가운데를 향해 나아가고 있을 때 남아 있던 관광객들도 거의 돌아가기 시작한다. 보트가 호수의 끝까지 갔다가 다시 돌아온다. 그렇게 두 번쯤 돌아올 때 내가 대니의 다리를 건드리며 묻는다.

"왜 아직 아무 소식이 없어?"

대니가 엄지를 추켜올리더니 주머니에서 칼을 꺼내 보여준다.

그런데 저 제스처는 칼로 그냥 찢었다는 말이다! 그러면 보트가 한 번에 쫙 나가는 수가 있다고 말해주는 걸 깜빡했다. 불에 달군 송곳 같은 것으로 뚫어야 찢어지지 않고 바람이 서서히 빠지는데. 그렇게 해놓고 보트가 저절로 전복하도록 어두워질 때까지 기다리면 서로 우아하게 헤어질 수 있는 거 아닌가.

내가 절망적인 한숨을 내쉬며 보트에 상체를 기대는 순간 갑자기 내 몸이 뒤로 발랑 넘어간다. 드디어 올 게 온 것이다. 보트의 바람은 순식간에 풀썩 빠지고 만다. 그리고 세 사람은 각자 서로를 바라볼 겨를도 없이 뿔뿔이 흩어져버린다.

호수 물이 이렇게까지 살인적으로 차가울 줄 미처 예상하지 못했다. 예전에 시립수영장을 한 달 가까이 다녔는데도 상황이 상황인지라 온몸이 굳어버린다. 다리 차기도 안 되고. 이러다가 노인이 죽는 꼴도 못 보고 내가 죽는 건 아닌가 싶다. 이내 정신까지 가물거린다. 대니 놈은 잘하고 있겠지. 나나 정신 차리자.

얼마나 허우적거렸는지 시간의 흐름이나 주변의 어둠도 감이 잡히지 않는다. 어디선가 노인의 목소리가 들려온다. 너무도 친숙하게 수도 없이 들어온 지겨운 목소리다.

"내 손을 잡게."

나도 모르게 손을 내민다. 그리고 그대로 끌어올려진다.

"아, 젊은 사람들이 이래가지고서야 원."

죽은 노인이 귀신이 되어 나타난 게 아닐까 싶어 눈을 번쩍 뜬다. 노인 입에 붙었던 테이프는 보이지 않는다. 자포자기 심정으로 고개를 돌리니 대니가 몇 발자국 너머에서 사경을 헤매고 있다.

"난 아주 오랜만에 운동을 했네. 수영장 안 나간 지가 꽤 됐는데 말야."

다시 노인의 목소리가 꿈결처럼 들려온다.

"그런데 이 호수는 정말 인상적이야. 자네들 아니었으면 못 보고 죽을 뻔했네그려. 중세의 비극이라 불린다지, 이 피나투보 화산 폭발이……."

우리는 다시 노인의 입에 테이프를 붙이고 차량으로 이동한다.

집으로 돌아오는 도중에 대니가 버거킹에 들러 햄버거 세트를 산다. 우리는 집에 도착하자마자 거실에 둘러앉아 허겁지겁 햄버거를 먹어치운다. 한참을 조용히 먹던 노인이 입을 연다.

"이거 먹을 만하구만그래. 요즘 자주 먹어서 그런지 입에 붙네, 쩍쩍 붙어. 근데…… 옛날 애인 생각이 나네그려. 내가 햄버거만 먹인대도 나랑 살고 싶다고 했는데. 그녀는 햄버거보다는 라면을 더 좋아했지, 아마. 그때 내가 라면에 대한 시를 써서 읽어주기도 했네. 그렇게 내 시를 좋아했는데, 내가 버렸어. 내가 버린 거지. 찾지 않고 도망쳤으니까…….”

무슨 수작인지 몰라도 노인의 마른 얼굴 위에 눈물 한 방울이 또르르 굴러떨어진다.

이미 다 먹고 거실 바닥에 누워 있던 나는 속이 바짝바짝 타들어간다. 대니를 바라보며 가슴을 주먹으로 내리친다. 그때 휴대전화 벨이 울린다. 나는 졸린 목소리로 전화를 받는다. 영사관에서 온 전화다.

행방불명 사건이 접수되었으니 동네 카지노로 가보라는 주문이다. 나는 다 죽어가는 목소리로 내일 가보면 안 되겠냐고 묻는다. 영사는 알아서 하라며 웃더니 행방불명자가 카지노 대부인 장진명의 아들이라고 말한다. 이미 그 아들 밑에서 일하던 부하 세 명이 용의선상에 올라 있고, 장진명이 필리핀 건달들을 사들여 아들의 행방을 추적하고 있다는 것이다.

나는 전화를 끊자마자 휴대전화를 내동댕이친다.

“이런 씨발! 가만 놔두질 않네, 염병할.”

영사들도 내가 꽁지돈에 쫓기고 있는 걸 다 알고 있다. 카지노 대부의 일이라면 오지 마라 해도 가야 할 판이다. 사실 꽁지돈에 대한 협박도 그렇고, 이럴 때 나서서 도와주면 최소한 권총으로 쏴 죽이지는 않겠지 싶어서다.

나는 집을 나서면서 대니를 마당으로 부른다.

"세스나를 예약해놔, 대니. 한 시간만 탈 거라고 해. 인원은 세 명."

"세스나요? 할아버지한테 쓰려고요?"

"비행 도중에 떨어져 죽는 건 사고사잖아?"

대니는 저도 모르게 박수를 친다.

"형님, 그게 더 괜찮겠습니다. 그렇게 간단한 걸 왜 몰랐을까요?"

"며느리가 원한 것도 사고사야. 밀어버리는 건 네놈이 해야 돼. 연습이나 해둬."

"뭘 그런 걸 연습까지 합니까? 옆으로 슬쩍 쓰러지는 척만 해도 될 겁니다. 암튼 잘 다녀오십쇼."

카지노에 도착하니 이미 용의자를 잡았다고 한다.

"여기 건달들이 마닐라호텔에서 두 놈을 잡아 끌고 오는 중이네. 경찰보다 일처리가 빠르지."

그렇게 말한 장진명은 무슨 생각을 하는 듯 한참이나 말이 없다. 그의 아들은 카지노 테이블을 사서 게임을 운영하는 일을 하고 있었다. 일명 짱깨라는 것인데, 그 테이블에서 나오는 수익을 카지노 측과 나눠 먹는 것이다.

장진명이 다시 비장하게 말한다.

"내가 여기 건달들에게 돈을 크게 걸었지. 범인을 잡고 아들을 찾으면 이 억을 주겠다고 했어. 만약 시신이라도 찾으면 일 억을 준다고 했지. 이 정도 걸면 이놈들은 반드시 찾아내거든."

장진명은 확신하고 있었다. 범인이 곧 잡힐 거라는 것과 아들이 살아 있을 확률은 희박하다는 것도. 장진명이 굳었던 얼굴을 살짝 풀더니 내게 묻는다.

"자네 꽁지돈 이자가 꽤 불었지, 아마?"

꽁지돈 이자는 미친 듯이 불어나고 있다. 처음에 봉고차 네 대였던 원금이 지금은 아홉 대로 늘어가고 있는 중이다. 봉고차를 하루에 한 대씩 팔아도 이자 대기 바쁠 지경이다. 아침에 눈 뜰 때마다 빚이 눈덩이처럼 커지고 있는 거다. 내가 맥없이 뒤통수를 긁고 있는데 장진명이 넌지시 묻는다.

"자네가 그 JY파 두목을 수소문하고 다닌다면서?"

"수소문은 아닙니다. 찾는 척이라도 해야 해서요……."

"벌써 소문이 다 돌아서 그쪽 부하들 귀에도 들어간 모양이던데. 괜히 영사들한테 충성하다가 자네 명을 재촉하는 거 아닌가? 남자는 늘 심사숙고해야 뒤탈이 없네. 자넨 너무 즉흥적이야."

그러면서 고개를 살살 흔들어댄다. 아들 생사도 모르는 판국에 충고는 무슨 충고냐고 대들고 싶지만 나는 본드를 붙인 것처럼 입술을 꽉 다물고 서 있다가 나온다. 그리고 마닐라에서 온 세 명의 현지 건달과 합류한다.

건달들에게 붙잡혀온 두 놈은 이름 붙이기도 좋게 뚜렷한 인상착의를 하고 있다. 한 놈은 꽁지머리를 했고 한 놈은 완전한 대머리다. 둘 다 이곳 현지인들에게서는 흔히 볼 수 없는 외모다. 건달들은 꽁지머리의 집으로 그들을 개 끌듯이 질질 끌고 가서는 현관문에다 힘껏 내동댕이친다. 그러더니 꽁지머리의 머리카락을 움켜잡고는 대머리를 향해 큰 소리로 말한다.

"눈 똑바로 뜨고 봐라. 먼저 이놈부터 맞고 그다음은 대머리 니놈 차례다! 안 쳐다보면 너부터 죽는 거다."

그들은 꽁지머리를 패기 시작한다. 뒈지게 맞는 꼴을 보니 그 옛날의 쓰디쓴 추억이 떠올라 몸서리가 쳐진다. 꽁지머리는 곧 숨이 넘어갈 듯이 괴성을 지른다. 이미 두 눈꺼풀은 두껍게 덮였고 몸은 붉은색으로 변해가고 있다. 그래도 그들은 꽁지머리만 계속 때린다. 나는 바닥에 묶여 있는 대머리를 흘끔 쳐다본다. 오줌을 쌌는지 대머리의 카키색 면바지가 거무스름하게 젖은 채 점점 아래로 번져간다. 그렇게 십여 분이 흐르자 대머리가 소리친다.

"내가 다 말할 테니까 난 때리지 마세요."

건달들은 들은 체도 하지 않는다. 꽁지머리에게 원한이라도 있는지 꽁지머리만 계속 걷어찬다. 그러자 대머리는 흰자를 내비치며 거의 미쳐간다. 그러더니 이제 절규하듯이 울부짖는다.

"우리 집 앞마당에 있습니다! 우리 집 마당에다 묻었습니다. 마닐라에서 죽였습니다. 호텔에서……."

어쨌든 현지 건달들이 일 억을 버는 순간이다. 이 건달들은 맞는 놈보다는 그것을 보는 놈의 공포가 훨씬 더 크다는 걸 이용한 것이다. 범인들은 마닐라에서 장진명의 아들을 죽인 뒤 그의 금고에서 돈을 챙기기 위해 한 명을 먼저 보냈다고 한다. 그리고 나머지 두 명, 즉 꽁지머리와 대머리는 다시 앤젤레스로 돌아와 대머리네 마당을 파고 시체를 유기했던 것이다. 물론 금고에서 돈을 빼낸 놈은 이미 달아난 뒤여서 두 놈이 그 한 놈을 찾으러 다시 마닐라호텔로 갔다가 붙잡힌 것이다.

법보다 주먹이 몇천 배는 더 가깝다는 사실을 매일 깨닫는다. 어느 나라에서나 법은 가깝고도 먼 그대인 것이다. 특히 이 나라에서는 현행범도 칠십이 시간만 숨어 있으면 된다. 범행 후 칠십이 시간이 지나면 검찰에게 체포 영장을 발부받아야 체포할 수 있기 때문이다. 그런데 문제는 그 영장이 나오는 데 육 개월쯤 걸린다는 점이다. 그러는 사이에 범인이 버젓이 사건 현장을 어슬렁거려도 영장 없이는 체포할 수가 없다.

이렇게 일처리가 재빠른 건달들을 데리고 있는 걸 보면 장진명은 역시 카지노 대부답다. 아들이 죽어 슬프겠지만 아마도 살아 있다는 기대는 하지 않았던 것 같으니……. 그는 이 땅에서의 행방불명은 거의 사망으로 연결된다는 걸 누구보다 잘 알고 있을 것이다.

대머리네 집 앞마당에는 가로세로 일 미터에 깊이 이 미터짜리 무덤이 있었다. 땅을 파고 시체를 묻고 나서 그 위에 약 이십 센티미터가량의 시멘트로 덮어버린 것이다. 삼 주 만에 꺼낸 시신은 이미 귀와 코는 사라지고 얼굴의 형체마저 뭉개져가고 있었다. 이곳의 날씨가 부패에 일조한 것이다. 나는 카메라를 꺼내들면서 구역질을 해댄다. 헛구역질에 내장이 다 딸려나올 것 같은 냄새다. 정말, 미치고 환장할 냄새다!

새벽녘에야 집에 도착한다. 나는 대문을 밀고 들어서면서도 구역질을 해댄다. 그 바람에 잠에서 깨어난 개 두 마리가 철조망 울타리로 달려나온다. 나는 담배를 찾아 입에 물고 개집 앞에 쭈그리고 앉는다. 진정이는 아주 객관적인 눈으로 나를 빤히 바라보며 신음 섞인 소리로 끙끙거린다. 진돌이는 역시나 철망 사이에 발을 척 걸

치고 흔들어대면서 아우성을 친다.

이놈들은 이미 철조망을 뛰어넘을 수 있을 만큼 충분히 자랐지만 절대로 넘지 않는다. 겸손인지 일부러 안 넘는 건지 모르겠지만 어쨌든 저희들 분수를 지키는 것으로 해석하고 있다. 그러니까 '개 같은 삶'에 만족하는 자세 말이다. 그런 걸 보면 사람보다 영악하다. 개 짖는 소리를 들었는지 대니가 현관문을 삐죽이 열더니 소리친다.

"아, 왔으면 들어오시지, 뭐 하십니까?"

"구역질 가라앉히고 있다."

"아니, 형님처럼 비위 좋은 사람이 왜 그러십니까, 예?"

"다 삭은 시체를 부위별로 사진 찍어봐라."

나는 담배를 내던지고 거실로 들어간다. 벌렁 드러누운 채 건달들이 사람 잡는 얘기를 장황하게 늘어놓는다. 언제 일어났는지 노인이 침대 위에 앉아 이쪽을 바라보고 있다. 대니는 묘안을 찾아냈다며 갑자기 목청을 낮춘다.

"그럼, 차라리 그 건달들한테 할아버지를 넘기는 게 어떨까요? 겁만 주면 죽을지도 모르잖습니까, 형님."

"아마 그놈들이 겁도 주기 전에 심장마비로 지레 죽을 거다."

그 말을 하면서 나는 진저리를 친다. 그 건달들 손에 넘어간 노인을 생각하니 갑자기 아까 당한 두 범인의 너덜너덜한 모습이 선명하게 떠오른다. 오래전에 내가 당한 수모도 같이 떠올라 나는 고개를 젓는다.

"대니, 안 돼. 그놈들 손에 넘기느니 차라리 우리가 죽이는 게 낫겠다."

"그럴까요?"

"그냥 우리가, 잘 죽여드리자."

"그러니까 어떻게 잘 죽입니까?"

"예의를 지켜서, 피 보지 말고. 응? 너 딴생각하지두 마라."

여기에서 더 일을 확대시키면 안 된다고 대니에게 신신당부를 한다.

"개는 개처럼, 사람은 사람처럼 죽어야 하는 거야. 난 좀 자야겠다. 그동안이라도 노인네 좀 조용히 시켜라."

나는 그 말을 간신히 내뱉고는 곯아떨어진다.

고모가 할머니와 함께 공항에 도착했다는 말을 듣고 마중을 나간다. 고모는 할머니의 팔을 끼고 수다를 있는 대로 떨면서 내 집으로 들어오더니 기운이 이상하다며 호들갑을 떤다. 다행히 노인과 대니는 보이지 않는다. 할머니는 내 얼굴이 많이 상했다면서 무슨 일이냐고 묻는다. 그리고 주방을 휘둘러보고는 냉장고를 열더니 소리친다. "애야, 왜 이 안에 노란 미군이 들어 있는 게냐?" 나는 그럴 리가 없다면서 주방으로 걸어간다. 그때 갑자기 어디서 나타났는지 노인이 내 다리를 걸어서 넘어뜨리고 침실로 도망친다. 다리가 너무 아프다. 개들은 짖어대고 할머니는 내 다리를 주무르며 계속 같은 말을 반복한다. "에구, 불쌍한 눔. 에구, 불쌍한 눔." 고모는 소파에 앉아 말없이 화장을 고치고 있다.

요란한 소리에 잠에서 퍼뜩 깨어난다. 개 짖는 소리도 들려온다. 다시 잠들려고 노력하지만 다리를 건드리는 느낌이 자꾸만 잠을 방해한다. 나는 안 떠지는 눈을 억지로 비비면서 간신히 떠본다. 누군가 내 다리를 주무르고 있는데…… 이거야, 원. 꿈에서 본 할머니처럼 머리가 허옇게 센 노인이 아닌가. 노인은 내가 깨어난 것을 보더니 묻는다.

"무슨 꿈인데 그리 요란하게 꾸나? 다리를 번쩍번쩍 들어올리고. 나도 피곤할 땐 그런다네."

내가 비명을 지르며 발딱 일어나자 주방 쪽에서 대니가 소리친다.

"제가 프라이팬 떨어뜨려서 깨어나셨습니까? 오므라이스 만들고 있습니다. 형님, 벌써 점심때가 넘었습니다. 비행기 탈 때가 다 되어가는데 어쩌시려고 이럽니까?"

"아, 세스나 타야지. 예약은 잘했지?"

"예. 근데 오늘은 비행사들이 좀 바쁘답니다. 저녁에는 좀 한가하다는데, 제가 무조건 세 시에 타야 된다고 우겼습니다."

"잘했다. 그럼 뭐 좀 먹고 출발하자. 근데 왜 개새끼들이 짖고 난리냐?"

내 말이 끝나자마자 현관문이 벌컥 열린다. 이 더위에도 검은 양복을 단체로 차려입은 득실이들이 우르르 들어선다. 득실이 여섯 명쯤이 거실로 들어서니 온 집 안이 꽉 찬다. 그중 가장 덩치가 큰 득실이가 나를 지목하더니 묻는다.

"제임스가 너여? 니놈이 우리 성님을 찾는담서?"

"일단 마당에 나가서 말씀 나누시죠. 여기 노약자가 계셔서요."

득실이들이 일제히 노인을 바라보자 노인은 그 상태로 증발이라도 해버릴 것처럼 바짝 쪼그라든다. 이미 반은 죽은 얼굴이다. 솔

직히 입만 열지 않으면 거의 죽었다고 보면 되는데 저 입이 늘 문제다.

내가 먼저 현관을 나서자 득실이들이 다시 우르르 마당으로 나온다. 개들이 짖어대며 철조망을 기어오르고 아우성을 친다. 나중에 나온 득실이가 철조망을 걷어찬다. 개들은 뒤로 물러나면서도 짖는 걸 멈추지 않는다.

"어디서 오신 누구십니까? 제가 제임스는 맞습니다만."

"어째서 우리 큰성님을 니놈이 찾는 것이여? 한국서 여그로 온지 꽤 되얐는디?"

그제야 나는 그들이 말하는 큰형님이 JY파의 두목이라는 걸 깨닫는다. 부잣집만 털어서 일명 '대도 JYE'라는 이름으로 한국에서도 꽤 유명했던 인물인데 감방에서 나와 이곳으로 잠적한 모양이다. 이곳에서도 그의 조직은 카지노를 둘러싼 잡음이 있는 걸로 알고 있다. 최근에 이곳 대사관으로 수사 협조를 요청해와서 나도 어쩔 수 없이 찾아다니고 있는 중이다.

"아, 그 일은 제가 영사관 심부름하느라고…… 전 그냥 아무 감정도 없습니다. 사실 얼굴도 모르고, 그래서 이 사람 저 사람한테 물어본 것뿐입니다."

"그러니께, 네깐 놈이 뭔디 우리 큰성님을 뒤지고 댕기냐 이거지. 확 기냥……."

득실이의 커다란 손이 공중에 휙 떠오를 때 옆에 서 있던 득실이가 점잖게 그 손을 잡는다.

"이 사람은 그냥 심부름만 한다고 하니까 우리가 상관할 필요는 없을 거 같다. 너는 여기까지 와서 계속 사고 칠 거냐? 한국에서도 그 성깔머리 땜에 여기까지 온 거잖아? 일 좀 만들지 말자. 네 뒷구멍 닦아줄 놈들도 이제 여기 없잖아?"

점잖은 득실이가 먼저 대문을 나선다. 그러자 나머지 득실이들이 우르르 따라 나가고 성깔머리 더러운 득실이는 한 번 더 나를 째려보고는 나간다. 그들은 차 두 대에 나누어 타고 동네가 떠나가라 요란한 엔진 소리를 내며 사라진다. 그제야 뒤쪽에서 끼룩 소리만 내던 개 두 마리가 철조망으로 달라붙어 내게 아양을 떤다.

득실이들이 사라지자 대니도 슬그머니 마당으로 나온다.

"형님, 이러다가 형님이 먼저 가는 거 아닙니까? 저놈들은 욱하면 사고 칩니다. 그 조직 우두머리 찾는 건 안 하는 게 좋겠습니다. 영사관 직원들은 뭐 합니까? 월급은 자기네들이 받으면서?"

"대니, 우리 세 시에 세스나 타는 거 맞지? 노인네 준비시켜야지."

"형님, 밥은 안 먹습니까? 오랜만에 오므라이스를 했다니까요."

거실에 차려진 밥상 앞에 노인이 우두커니 앉아 있다가 우리를 보고 반색을 한다. 우리는 아무런 말 없이 먹기에만 열중한다. 어쩐 일인지 노인이 입을 꾹 닫고 밥만 먹는다. 그리고 생각에 빠진 듯 오래 씹는다. 그 바람에 세 사람이 서로 얼굴을 맞대고 눈을 마주 보면서 각자 입만 오물거릴 때도 있다.

"우리가 이럴 때 보면 삼위일체가 따로 없습니다. 안 그렇습니까?"

노인이 입을 다무니 대니가 그새를 못 참고 들이댄다.

"종교도 없는 놈이 무슨 삼위일체야?"

그러자 노인의 그 입이 다시 열린다.

"내가 아는 삼위일체는 말일세, 육체와 정신과 영혼이 비빔밥처럼 어우러지는 완전한 사랑이네."

내가 숟가락을 내려놓으며 말한다.

"그야말로 할아버지는 양기가 모조리 입으로 쏠려 있는데, 그런 불건전한 육체로 어떻게 삼위일체를 이루실 건데요?"

"왜 그러나? 기회는 많았네. 그런데 시간이 지나면 여자들이 내 눈을 빤히 들여다보고는 떠나갔다네. 영혼이 있네 없네 하면서 떠나가는 거네. 그런 여자들은 돈으로 붙잡아도 가버리더군. 내가 그 여자들을 잡은 건 아쉬워서가 아니라 예의로 잡았던 거지. 그런 예의라도 안 보이면 여자들은 증오를 품거든. 그러니까 떠나는 여자한테는 자기가 남자를 버렸다고 믿게 해야 하네. 만약 자신이 버림받았다고 느끼면 오뉴월에도 한기를 뿜어내지. 그리고 그 한기는 평생을 간다는 걸 알고……."

"할아버지, 여기서 그만하시고요, 비행기나 타러 가십시다. 그러니까 그 옛 추억을 회상하면서 말입니다."

"여자들 말처럼 되었네. 나도 내 영혼이 어디로 가버린 건지를 생각하면서 중년을 보냈지. 그런데 말이네, 자네들과 지내면서 요즘에서야 생각이 났네. 젊은 날에 내가 버린 여인한테 이미 영혼이 팔려버린 거였네. 햄버거만 먹여줘도 나랑 살겠다던 그 여자 말이네. 그 여인이 내게 버림받고 한을 품었겠지? 그렇지 않고서야 내가 자식을 낳고 살면서도……."

도중에 말을 자르지 않으면 언제 어디까지 들어줘야 할지 도무지 알 수 없는 미로에 빠지고 만다. 대니는 오히려 입을 벌리고 경청하거나 맞장구까지 쳐준다. 침을 흘리지 않는 게 대견할 지경이다. 나는 입이 벌어지기 직전인 대니의 손에서 숟가락을 뺏어들고는 상을 치우라고 눈짓한다.

노인의 입에 테이프를 붙이고 마스크를 씌운다. 노인은 이제 우리가 어떻게 하건 간에 묻지도 따지지도 의문을 갖지도 않는다. 그러나 처음에 보여주었던 그 의연함이나 자신감은 사라진 지 오래다.

우리는 삼십 분 후에 비행장에 도착한다. 잔디밭에 차를 주차하고 나는 사무실로 들어간다. 대니의 말대로 비행사들이 모두 일을 나갔는지 사무실을 지키는 어린 청년 하나만 남아 있다.

"우린 세 시 예약 손님이다. 다들 어디로 갔나?"

청년이 의자에서 벌떡 일어선다.

"예, 써. 제가 세 시 예약 조종사입니다."

정말이지 아직 솜털도 가시지 않은 애송이의 얼굴이다. 다시 보니 청년이라기보다는 소년으로 보인다.

"너처럼 어린 소년이 조종사야?"

"예, 써. 소년이 아니고 네 아이의 아버지입니다. 먹여 살릴 가족이 많고, 그래서 조종하는 일을 일찍 배웠습니다."

"뭐? 벌써 그렇게 애를 많이 낳았어?"

"낙태는 안 됩니다. 이 나라는 가톨릭이라."

"그건 나도 알아. 하지만……."

그러고 보니 우리 매장에도 애 서넛 딸린 직원이 한둘이 아니다. 매니저인 래미는 나이가 좀 있는 아줌마지만 그 외에는 거의 어린 가장들이다. 그래도 그들은 외국계 회사에 취직한 엔지니어들이어서 급여가 좋다. 그래서 우리 매장에 근무하는 걸 매우 자랑스럽게 여긴다.

나는 소년 가장 조종사와 잔디밭으로 나온다. 대니도 노인을 데리고 차에서 내린다. 우리는 각자 비행기로 걸어간다. 내가 조종사에게 묻는다.

"근데 왜 너만 헬멧을 썼지? 우리는 필요 없어?"

"예, 써."

조종사는 엄지손가락을 치켜들며 씩 웃는다. 밑도 끝도 없는 동문서답이다.

"비행은 한 시간이면 충분해. 정확히 한 시간 뒤에는 다시 이곳으로 온다. 오케이?"

"예, 써."

비행기 좌석도 네 자리뿐이어서 조종사와 우리 세 사람이 타기에 딱이다. 비행 도중에 기회를 보아 아래로 슬쩍 밀어버리면 사고사로 처리될 수 있다.

"대니, 내가 조종사 옆자리에 탈 거니까 네가 할아버지하고 뒤에 타라. 이유는 알겠지?"

"그 장면을 꿈으로도 꾸었다니까요. 그만하면 리허설은 충분합니다."

저렇게 우쭐거리는 걸 보니까 조금은 마음이 놓인다. 지금까지 항상 겁에 질린 상태로 움직였는데 이번엔 왠지 감이 좋다.

경비행기용이라서 활주로가 짧다. 그래도 그렇지, 어린 소년 가장 조종사는 활주로 끝에서 끝까지 왕복하기를 몇 차례나 하더니 한참 만에 공중으로 떠오른다. 조종사를 흘끔 쳐다보니 땀을 무진장 흘리는지 코끝이 반들거린다. 가뜩이나 더운데 헬멧까지 썼으니 그럴 만도 하다. 일단 하늘로 오르니 기분이 좀 나아진다.

〈스타워즈〉를 찍었던 촬영 현장을 돌아볼 땐 비행기가 약간 기우뚱거린다. 우리는 그것이 조종사의 서비스라 여겨 함성을 내지른다.

"빠레, 살라맛 뽀!"

나는 조종사의 등을 두드리며 한마디한다.

"여기 현지인들은 이 말 한마디면 뻑가거든요. 친구만 해줘도 고마운데 고맙다고까지 하니 최선을 다하겠죠?"

뒤를 돌아보니 대니는 신이 난 어린아이 같고 노인은 하염없이 아래를 내려다보며 울먹이는 표정이다. 노인도 구경을 할 만큼 한 다음에 죽이는 게 낫겠다 싶어서 일단은 이 비행을 즐기기로 한다.

조금 더 날아가니 희한한 광경이 눈에 들어온다. 화산재가 쌓였던 하천이 범람한 흔적이다. 하천이 범람할 때 흘러나온 회색의 화산재가 한 마을 전체를 지붕만 남기고 덮어버린 광경이다. 언뜻 내려다볼 때는 무슨 판화 같기도 했으나 조금 가까이에서 보니 아주 섬세한 부조 같다. 자연에 의한 재앙이 아니라면 기가 막히는 작품이다.

내가 조종사에게 아래로 내려가보자고 재촉한다.

"예, 써."

조종사는 아까처럼 또 흔쾌히 대답한다. 그러더니 엔진 소리를 내면서 공중을 선회할 뿐 내려갈 생각을 하지 않는 것이다. 그가 여섯 번째로 공중을 선회할 때 나는 오 달러로 그의 옆구리를 쿡 찌른다. 그건 내가 골프객들에게서 받은 팁의 일부다. 그는 돈을 받아 헬멧 틈 사이로 밀어넣는다. 그 후에도 한참을 더 공중회전을 한다. 그 바람에 우리는 어지럼증에 시달린다. 대니는 밖으로 머리를 내밀고 구역질을 해댄다. 노인은 눈이 퀭한 상태로 멀뚱거리지만 죽음의 공포를 가득 담은 눈망울이다.

드디어 우리는 오랜 시달림 끝에 재앙의 현장에 불시착한다. 오 달러에 신이 난 조종사가 위험을 감수하고 수많은 지붕들 사이로 비행기를 요란하게 착륙시킨 것이다. 그러는 사이에 나는 인내심이 바닥나버린다.

"이봐, 조종사. 너 면허증 있어?"

"예, 써."

"너 계속 예 써, 하고 대답만 하잖아. 의무 비행 시간을 채우기는 한 거야? 저 비행기 조종할 자격이 되냐고?"

"시간은 못 채웠습니다. 오늘이 처음입니다."

"뭐? 뭐라고, 다시 말해봐."

대니는 아이고 맙소사를 내지르며 괴로워한다. 곧 머리카락이라도 쥐어뜯을 자세다. 어쩐지, 처음 이륙할 때도 활주로를 왕복하더라니! 그때 알아봤어야 했는데. 방금 전에도 놈이 착륙을 안 하고 공중을 돌기만 한 것은 팁을 받기 위해서가 아니라 왕초보였기 때문이다. 지레짐작으로 괜히 오 달러만 날린 것이다.

"대니, 너 들었지? 우리 목숨 걸고 이거 탄 거다. 이러다가 우리 떼죽음당하게 생겼어, 인마."

갑자기 대니가 모든 걸 내려놓은 초인의 자세가 된다.

"아, 형님 어차피 이리된 거, 즐깁시다. 아, 죽기밖에 더하겠습니까. 이제 할아버지나 우리나 피장파장인 겁니다. 할아버지, 어서 내리세요. 여기가 공동묘지라고 합니다."

"이 미친놈아, 오므라이스 다 토하면서 뭘 즐겨?"

노인은 여전히 눈을 가늘게 뜨고 무슨 회상에 잠긴 듯하다. 만약에 이 상황에도 즐기는 이가 있다면 단언컨대 저 노인뿐이다. 어쩌면 속으로 '죽음의 비행'이나 '죽음의 곡예'라는 제목으로 시를 지껄이고 있을지도 모른다. 아니면 공자, 노자에 손자까지 끌어들여 이 난관을 어떻게 극복할지 연구하고 있을 것이다. 궁즉통, 허즉통,

변즉통을 해대면서. 그러다가 결국은 모든 것이 죽음으로 통한다는 걸 깨닫겠지. 노인하고 며칠을 보냈더니 나야말로 입심이 좋아진 것 같다.

우리는 모두 비행기에서 내린다. 막상 굳어버린 화산재 위에 발을 디뎌보니 아래에서 솟구치는 기운에 숨이 턱턱 막혀온다. 시멘트 반죽 같은 화산재가 이 마을을 덮쳐 지붕 아래까지 메우고는 굳어버린 것이다. 우리는 지금 수많은 죽음이 묻혀 있는 마을을 밟고 서 있는 것이다. 색색의 지붕들이 나란히 이어져 있고 간혹 십자가를 이고 있는 지붕도 있다. 결국 한 동네 전체가 지붕만 내놓고 있는 셈이다.

대니는 차마 발을 내려놓지 못한다. 물론 나도 묻혀버린 마을 위를 걸으면서 아무렇지 않을 수는 없다. 자꾸만 다리가 허청거린다.

"사람들이 이 아래에 굳어서 죽어 있는 겁니까?"

내가 고개를 끄덕인다.

"밥 먹고 똥 싸다가요?"

"그래, 웃고 싸우고 지랄하고 그 짓도 하다가, 짜샤……."

"그 상태로 굳은 채 정말 이 아래에 화석으로 있는 겁니까?"

마치 그때 죽은 사람들의 넋이라도 옮겨온 듯 대니는 몸을 떨면서 진저리를 친다. 저 자식도 체온조절을 하는 것 같다. 아래에서 올라오는 귀기 때문에 자꾸만 땀이 말라붙는다면서 계속 진저리를 친다. 끔찍한 고온과 굳어버린 화산재에서 올라오는 열기 때문에 땀이 자꾸만 눈으로 흘러든다. 노인은 십자가를 이고 있는 지붕 앞에서 꼼짝 않고 서 있다.

"대니, 저 노인네 저기서 기도하는 거 아냐? 이 거대한 무덤 위에서 하필이면 십자가에 딱 달라붙어 있잖아. 그 '자' 자 돌림 쓰는 귀신들 만나고 있는 건 아닌가 몰라. 공자, 노자, 또 뭐였지?"

그때 왕초보 조종사가 우리에게 다가온다. 그러고는 한국말을 알아듣기라도 한 것처럼 이를 드러내고 웃으며 말한다.

"그래서 귀신들 많아요, 여기."

마치 '우리 고장의 특산물은 귀신이에요' 하고 자랑하는 것 같다. 나는 귀신을 본 적이 없다. 나는 귀신의 존재를 믿지 않는다. 보이는 것이 다는 아니라고들 하지만 나는 보이지 않는 하느님은 물론이고 눈에 보이는 사실조차 믿을 수 없는 때가 많다.

이제 돌아가야 하는데 조종사가 왕초보라는 걸 알아버린 우리는 다시 안절부절못한다. 이러지도 저러지도 못하고 지붕 위에 앉아 있는데 노인이 다가온다. 대니는 벌떡 일어나더니 노인의 입에서 마스크와 테이프를 제거한다.

"토하기라도 해야 하잖습니까. 공중에서 입 벌리고 어디로 도망을 가겠습니까?"

테이프가 제거되자 역시나 노인이 입을 벌린다.

"어차피 이래 죽으나 저래 죽으나 마찬가지가 아닌가? 출발하세."

조종사는 그 말도 알아들은 듯 웃으며 비행기 조종석에 앉는다. 노인도 다시 뒷자리에 들어가 앉는다. 나는 대니와 눈을 마주치다가 하는 수 없이 비행기에 오른다. 아니나 다를까. 넓은 잔디밭에서도 그리 왕복을 해댔는데, 뜨거운 화산재 위에서 위로 떠오르기 위해 얼마나 안간힘을 써대는지!

드디어 위로 떠오르자 나는 뒤를 돌아보며 대니에게 말한다.

"이 자식이 왜 저 혼자만 헬멧을 썼는지 이제 알겠지?"

대니는 핏기가 사라진 얼굴을 살짝 흔들 뿐 대답도 하지 않는다. 그저 좌석 손잡이를 두 손으로 부여잡고 매달리다시피 하고 있다.

"대니, 리허설 충분하다면서?"

대니는 입을 다문 채 헛구역질을 하는지 "읍" 소리를 내면서 볼때기를 부풀린다. 나도 갑자기 비위가 상하기 시작한다. 속이 느글거려서 아무 생각도 안 난다. 왕초보 조종사는 아직 삼십 분이 남았다고 말하더니 비행을 계속한다.

"그냥 돌아가자. 어이, 조종사."

"예, 써."

멀미를 달래가며 내가 아무리 소리쳐도 돌아오는 건 역시나 동문서답이다.

이제 죽기 아니면 까무러치기다. 나는 눈을 감은 채 벨트를 하고 대니처럼 손잡이를 두 손으로 단단히 그러잡는다. 속이 울렁거려 미칠 지경이다. 뱃멀미할 때의 느낌을 떠올리니 정말 뱃멀미의 느낌까지 가세한다. 이 느낌보다는 죽는 느낌이 낫겠다 싶다. 이렇게 울렁거리다가는 내장들이 서로 뒤엉켜 위치를 바꾸는 게 아닌가 싶을 정도다. 그 상황에서도 나는 틈만 나면 조종사를 향해 속사포처럼 쏘아댄다.

"너, 내려가면 죽일 거야."

왕초보 조종사는 역시나 씨익 웃는다. 헬멧과 엔진 소리 때문에 못 알아들었나보다. 아니면 나를 놀려먹나? 나는 한 손으로 주먹을 만들어 보이고는 조종사에게 들이댄다.

"너 죽인다고!"

그가 놀랐는지 순간 비행기가 왼쪽으로 급하강한다. 대니의 비명만이 처절하게 들려온다. 뒤를 돌아보니 노인이 엔진 소리를 누를 만큼 요란하게 방귀를 뀌더니 다시 생각에 잠긴다. 아래를 내려다보면서 무슨 추억에 젖은 듯 눈시울을 적시는 게 아닌가. 이 상황에서 내가 노인을 밀어버릴 수도 없고…… 아래로 내려가면 진짜로 이 왕초보 새끼를 매장시켜버려야지.

대니는 이제 비행기 지붕을 잡고 생에 매달린다. 나도 대롱대롱 매달리다가 급기야 착륙하기 직전에는 오줌을 지린다. 아이보리색 반바지를 입었기 망정이지 진한 색을 입었으면 어쩔 뻔했나.

노인을 밀어버리기는커녕 우리는 생사의 갈림길에서 겨우 돌아온다. 비행이 오 분만 더 진행되었다면 정말이지 내가 죽었을지도 모른다.

나는 비행장에 착륙하자마자 초보 조종사를 조종석에서 끌어내린다. 그리고 휘청거리는 두 다리에 힘을 주고 똑바로 서서 그의 헬멧을 벗긴다. 몇 대라도 갈겨주지 않고는 돌아갈 수가 없다. 그러면 제임스가 아닌 것이다. 그런데 헬멧을 벗기자 왕초보 조종사의 머리가 물을 뒤집어쓴 것처럼 젖어 있다. 목덜미에서 상체까지도 흥건하다. 아까 내가 팁으로 준 오 달러는 귀 위쪽에 찰싹 달라붙어 있다.

“쏘리, 써.”

씩씩거리는 나를 보며 어린 조종사는 계속 “쏘리, 써”를 외친다. 죽었다 살아난 건 우리뿐이 아닌 모양이다. 왕초보 조종사에게도 죽음을 불사한 비행이었던 것이다.

나는 헬멧을 도로 그의 머리 위에 올려놓고 돌아선다. 뒤돌아서는데도 계속 “쏘리, 써”가 들려온다. 이대로 그냥 가는 것도 제임스가 아니다. 나는 소년 가장 조종사에게 오 달러를 더 준다. 생명수당인 셈이다. 뒤돌아서는데 이번에는 “땡큐, 써”가 들려온다. 우리 차가 시동을 걸고 잔디밭에서 나올 때까지 “땡큐, 써”는 계속 들린다.

어쨌든 멀쩡한 건 노인뿐이다. 늙으면 멀미도 안 하는지. 역시 살인은 아무나 하는 게 아니다. 도대체 계획이 하나도 먹히질 않는다.

그날 밤 노인은 횡설수설하다가 잠이 든다. 그러다가 다시 깨어나 반짝거리는 눈으로 창밖을 보며 횡설수설하더니 우리 둘을 빤히 쳐다보다가 실신하듯이 잠이 든다. 그러다가 채 일 분도 안 되어 다시 깨어나 그 입을 연다.

“우리가 한창때 말이네, 그녀는 열병 환자처럼 뜨거웠지…….”

그때 기다렸다는 듯이 도마뱀이 울기 시작한다. 쭈쭈쮸쮸쮸쯔쯔쯔.

처음에는 저 소리 때문에 잠을 잘 수가 없었다. 마치 안됐다고 혀를 차는 듯이 들려서 기분이 상하기도 했다. 까무룩 잠이 들려고 하면 느닷없이 귀청이 찢어지게 울어대는데 정말이지 환장하는 줄 알았다. 그런데 어느 날부터는 새소리로 들리더니 이젠 시계의 초침 소리로밖에 여겨지지 않는다. 귀 기울이면 들리고 그러지 않으면 전혀 들리지 않을 때가 많다.

겨우 멀미를 진정시킨 대니가 조용히 말한다.

"형님, 우리 이거 때려치우고 다른 사기나 칩시다. 아무래도 사람 죽이기는 애초에 글렀습니다. 인간은 다 자기 식의 삶이 있는 법입니다."

"삶? 너 지금 삶이라고 했냐?"

"예, 삶이오."

"나는 그 삶이라는 단어가 싫다."

살과 삼 사이를 교묘히 발음하는 것도 그렇고 왠지 묵직한 느낌이 들어서 나와는 어울리지 않는다.

요즘 맘에 들지 않는 게 또 있다. 고모가 전화를 끊을 때의 멘트를 바꿨다는 것이다. 전화기에 대고 나를 놀리는 것 같다. "너는 그 작은 도시의 기둥서방에 불과해" 하고 말하면서 끊는 것이다. 아니, 누가 양색시 아니랄까봐 꼭 끌어다대는 말도 화류계 용어인 기둥서방이다.

고모는 공군 부대에 근무하는 미군과 살던 시절에 양갈보라고 불리는 것을 제일 싫어했다. 차라리 양색시가 낫다는 것이다. "갈보라니, 응? 갈보라니. 이놈 저놈 붙어먹는 갈보랑은 다르지. 암, 다르고말고. 난 그냥 미군 색시야." 그러고는 정말로 그 미군의 법적인 색시가 되어 미국으로 가버렸다.

도마뱀이 다시 운다. 그러자 노인이 눈을 번쩍 뜨고 일어난다. 나는 재빨리 눈을 감고 잠든 체한다. 쭈쭈쮸쮸쮸쯔쯔쯔.

납치 다섯째 날이다. 내일이면 장군이 월말 결산하러 필리핀에 들어오는 날이다. 그 안에 이 일을 끝냈어야 했다. 장군 녀석은 이곳에 들어올 때마다 "이 땅은"으로 입을 연다. 언제부턴가 그 말은 곧 장군이 도착했음을 알리는 신호음이 되었다.

"이 땅은 정말 저주받은 곳이야, 형."

장군이 "이 땅은"을 시작하면 나는 속으로 도, 레, 파, 하고 음을 붙였는데 놀랍게도 늘 정확하게 일치한다. 이(도), 땅(레), 은(파).

이 땅에 들어오는 사람들마다 한결같이 성직자 아니면 사기꾼이라는 것이다. 그 말을 들을 때마다 얼마나 뜨끔하던지. 장군은 나와 대니를 비롯해서 이 땅에 사는 모든 외국인의 행태에 대해 일일이 열거를 하다가 결국은 이 땅이 저주를 받았다는 결론에 이른다. 눈치 빠른 장군이 도착하기 전에 노인을 다른 곳으로 옮겨야 한다.

초초한 마음으로 간신히 잠이 들었는데 노인이 새벽부터 일어나 중얼중얼거린다. 이곳이 두렵다면서 계속 온몸을 말고 웅크리다가 돈 때문에 애인을 버린 천하에 몹쓸 놈이라고 주절거린다. 그러다가 아예 우리를 깨워서는 그 얘기를 들어달라고 하소연까지 한다. 이건 주객이 바뀌어도 한참이나 바뀐 게 아닌가.

나는 아직도 노인을 데리고 있다는 사실에 화가 나기 시작한다. 꽁지돈에 쫓기고 워킹비자에 쫓기더니 깡패들한테 쫓기는 것도 모자라서 이제 노인 때문에 세상 모든 눈으로부터 쫓기고 있다. 눈치 빠른 장군 녀석을 따돌리는 일도 쉽지 않을 것이다. 나는 잠든 대니를 때려서 일으켜 앉힌 다음 눈을 부릅뜨고 노인에게 소리친다.

"사탕수수밭에 던져버리면 어떻게 되는지 아십니까?"

노인이 심드렁한 표정으로 나를 말끄러미 바라본다.

"대니, 어떻게 되는지 설명해드려라."

대니는 하품을 하다 말고 군기가 바짝 든 이등병처럼 꼼꼼하게 설명한다.

"먼저, 옷을 모두 벗깁니다. 그리고 몇 가닥 남은 머리카락마저 모두 뽑아버린 다음에 사탕수수밭에 던져버리면 완전범죄가 됩니다."

노인의 동공이 서서히 확장된다. 저 정도로 완전히 겁먹었다고는 볼 수 없다. 성적 흥분을 느낄 때도 동공 확장이 일어나니까. 지금까지 겪은 바로는 노인에게 약간의 변태성이 엿보이기도 하니 '완전범죄'라는 말에 흥분한 것일 수도 있겠지.

대니는 고지식하게 계속해서 열심히 설명한다.

"처음에는 말입니다, 고양이만 한 들쥐가 와서는 살을 다 파먹습니다. 그러고 나면 불개미 떼가 끝도 없이 몰려옵니다. 그리고 흔적도 남기지 않고 뼈를 먹어치우는 겁니다. 그러면 어떻게 되겠습니까? 아무런 흔적도 남지 않습니다. 그 불개미 떼가 인간 청소부 역할을 합니다."

노인이 조용히 옆으로 쓰러진다.

"업보야, 업보……."

노인의 입에서는 계속해서 업보라는 말이 경을 읽듯이 쏟아져나온다.

"죽을죄를 지었다고. 업보라고……."

나는 노인을 다시 침대 위로 올리기 위해 일어선다. 죽은 건지 죽은 척하는 건지 몰라도 노인에게서는 겨우 숨결만 느껴진다.

"죽을죄를 짓고도 잘 사는 놈들이 얼마나 많은 세상입니까. 그런 죄를 지었다면 알아서들 죽어주면 좋은데 말입니다."

중얼거리면서 힘을 잔뜩 주고 노인을 안아올린다. 그런데 너무 반짝 들려서 깜짝 놀란다. 그래도 노인은 꼼짝도 하지 않는다.

노인과 실랑이를 벌이는 사이 날이 다 밝아버린다. 나는 담배를 찾아다니고 대니는 주방에 서서 무언가를 먹고 있다. 방금 사탕수수밭의 살인 개미로 노인을 쓰러뜨린 놈치고는 지나치게 왕성한 식욕을 보인다.

내가 담배를 찾아 막 텔레비전 모서리를 지날 때 무언가 팔랑거리며 바닥으로 내려앉는다. '사용 시 주의 사항' 스티커다. 분명히 버렸다고 생각했는데 여기에 들러붙어 있었던 모양이다. 떼어버려도 여기저기에 가서 잘도 들러붙는다. 코딱지 같은 이민국 놈들을 닮았나?

콧물이 박테리아를 걸러주는 필터 역할을 하듯이 처음에는 그 이민국 놈들이 내게 필요했다. 그러나 콧물이 제 임무를 다하고는 덩어리로 변해서 점점 제 몸을 불려나가면 떼어내야만 한다. 코딱지가 커지면 부대껴서 견딜 수가 없는 것이다. 제기랄, 그런데 그게 여간해서 떨어져주지를 않는다. 인간 코딱지의 결함은 바로 그런 것이다!

그때 건물주에게 전화가 걸려온다. 무척 밝은 목소리다. 이민국에 있는 친척 이름이 디존인데 그가 여행비 조로 십만 페소를 달라고 했다는 것이다. 그러면 비자 문제를 깨끗하게 해결해준다고 했다면서 쾌활하게 웃는다. 알았다며 전화를 끊는 순간 내 일상 어딘가에 엎어져 있던 의심이란 놈이 고개를 반짝 든다.

완벽하게 준비된 서류에 사만 페소면 되는 것을 십만 페소를 달라고 하니 좀 이상한 생각이 드는 것이다. 이민국에 친척이 있다면 정당한 절차를 밟으면 되는 일이 아닌가. 게다가 나는 서류상으로 아무런 하자도 없는데. 혹시, 건물주가 나머지를 꿀꺽하려는 것은 아닐까.

의심은 전염될 수 있지만 유전은 아니다. 아닐 것이다. 사실, 장담할 수 없다. 내가 엄마 자궁 안에 있을 때 아버지는 이미 이 세상 사람이 아니었다. 할머니는 늘 나를 보며 고개를 갸우뚱거렸다. 아버지를 닮은 구석이 하나도 없다면서 집요하게 바라보았다. 가끔씩 내 뼈마디를 눌러보기도 하고 나를 요리조리 돌려보기도 했는데, 그 모습이 꼭 어디 제품인지 라벨을 찾는 것 같았다. 그러나 내게는 원산지나 제조일 표시조차 없었다. 느닷없이 찾아와서 나만 낳고 가버린 엄마를 할머니는 죽는 날 아침까지 의심했다. 나는 태어난 지 일 년 뒤에야 처녀인 고모의 호적에 오르면서 겨우 불법체류를 면할 수 있었다.

나는 매니저인 래미를 시켜서 이민국에 전화를 걸게 한다. 그렇게 함으로써 건물주와 몇 년간 쌓아온 신뢰의 기둥에서 벽돌 한 장을 뽑아낸다. 그것도 맨 아래 칸에서. 우선 디존이라는 사람이 있는지 알아보고, 있다면 여행은 언제쯤 가느냐고 물어보도록 시킨다. 얼마 되지 않아 래미에게서 전화가 걸려온다.

"실제로 디존은 존재한다. 오히려 그쪽에서 꼬치꼬치 물어왔다."

그 말을 하면서 래미는 두 번이나 신음 비슷한 소리를 낸다. 여자들이 내는 소리는 가끔 교성으로 들려서 큰일이다. 아무래도 내 고막에 무슨 문제가 있지 싶다. 나는 래미에게 오만 페소를 준비하라고 시키고 전화를 끊는다. 나머지는 비자를 받은 다음에 주는 것이 좋을 것 같다.

여기 사는 사람들 대부분이 인정하는 말이지만 이 땅은 안 되는 게 없고 또 되는 것도 없다. 자체적인 행정은 물론이고 외교적인 문제들도 자주 바뀌는 바람에 무슨 일을 지속적으로 꾸려나가기가 힘들다. 중고차 수입에 대한 조항도 식탁의 메뉴 바뀌듯 아침저녁으로 바뀐다. 그래서 항구에 도착해 있는 차를 찾는 데 무려 두 달 반이나 걸린 적도 있다. 그동안에는 판매할 차가 없어 휴업 상태가 되는 것이다.

이제 워킹비자만 받아들면 마닐라공항까지도 내 삶의 터전이 된다고 생각하니 상상만으로도 어깨가 들썩이고 마닐라와 앤젤레스의 통합된 지도가 둥실 떠오른다. 워킹비자가 없다는 사실은 요즈음의 나를 똥 마려운 강아지로 만들었다. 공항 근처만 가면 나도 모르게 지레 눈을 깜빡거리고 이리저리 힐끔거리며 종종걸음을 치다가 짭새 냄새라도 확인하려는 듯 코를 킁킁거리는 것이다.

가끔씩 이민국 직원들이 총출동해서 공항 전체를 포위하곤 한다. 그러고는 인간 그물이 되어 물고기를 몰듯이 포위망을 좁혀나가면서 불법체류자를 포획하는 것이다. 잔챙이마저도 빠져나갈 틈을 주지 않는다. 그중에 한국산은 물론이고 일본산, 중국산, 각종 동남아산을 비롯해 유럽산도 종종 잡힌다. 이때 아무리 잔챙이라고 해도 결코 방생하는 미덕은 발휘되지 않으며 산지가 어디냐에 따라서 차별을 두지 않는 것이 그들의 철칙이다.

대개 가이드나 차 장사들이 굵은 놈으로 분류되어 한번 그물에 걸리면 무조건 사만 페소를 내야 한다. 그러지 않으면 수용소로 직행이다. 따라서 비자 없는 가이드들은 늘 사만 페소를 상비약처럼 지녀야 한다. 그것만이 상처 없이 그물을 뚫고 나갈 수 있는, 이를테면 가장 날카로운 이빨인 것이다.

지금 나에겐 그 이빨이 필요하다. 날카롭지 못해도 그저 씹을 수 있는 이빨이면 족하다. 노인이 그 이빨이 되어주어야 하는데 이러다가 씹지도 못하는 틀니만 건지는 게 아닌지 조바심이 난다.

기분이 좀 나아지자 이번에는 허기가 찾아온다. 점심을 먹으려고 주방을 둘러보니 노인이 다가와 눈을 반짝거린다. 다시 기력을 회복한 노인이 한식을 달라고 당당하게 말한다.

"한식을 주게. 입안이 써서 그러네. 그걸 먹어야 살지, 아주 죽을 맛이야."

그 바람에 나는 한국 식당으로 뛰어가서 오징어찌개를 사오고, 그다음에는 대니가 뛰어나가 삼겹살을 사온다. 이럴 때는 정말이지 주객이 전도되었다는 생각에 가슴을 친다. 지금까지 벌어진 일만 보아도 그렇다. 우리가 노인네 수발을 드느라 뼈가 빠지게 이리 뛰고 저리 뛰는 꼴이 아닌가 말이다.

노인은 삼겹살이 익는 냄새를 맡으면서 기분이 좋아진 얼굴이다. 그리고 어느새 또 말의 포문을 열기 시작한다.

"예전에 우리는 정말이지 가지고 놀 게 없어서 젖꼭지를 가지고 놀았네. 흥부네 자식들이 자기네 몸을 갖고 논 거랑 같은 거지. 방귀 뀌고 젖꼭지 튕기면서…… 그러고 보니 국민학교 때의 교실이 떠오르는구먼."

나는 대니와 눈을 마주친다. 또 무슨 수작인가 싶으면서도 노인의 다음 말이 궁금해서 둘 다 입을 열지 않는다.

"여름이었지, 아마. 국민학교 사 학년쯤인 걸로 기억되네. 확실하네. 왜냐하면 그날 본 내 짝의 얼굴이 지금도 아주 선명하니까. 기절초풍해서 눈알이 튀어나올 것 같은 그 표정은 살면서 그리 자주 볼 수 있는 게 아니거든. 그땐 종종 러닝셔츠 바람으로 수업을 했네. 나는 젖꼭지가 유난히 커서 놀림을 받을 정도였는데, 어딘가에 항의라도 하는 것처럼 발딱발딱 고개를 들곤 했네. 그러다보니 걸핏하면 젖꼭지를 더듬는 버릇이 생겼지 뭔가. 그게 외로워서인지 무료해서인지는 잘 모르겠네. 하지만 난 별다른 결핍감을 느끼지 않고 살았던 것 같어."

이쯤에서 노인은 다 익은 삼겹살을 입에 넣고 오물거리더니 꿀떡 삼킨다.

"그날도 수업 시간 내내 젖꼭지를 만지고 비틀어댔네. 하루 이틀 한 짓도 아니니 거의 무의식 상태에서 진행됐을 것이네. 선생님의 목소리를 자장가로 들으면서 손은 왼쪽 젖꼭지에 가 있었지. (자신의 손을 젖가슴에 척 갖다대면서) 그러다가 좀 다른 곳에 정신을 팔았는지 졸았는지는 정확히 기억이 안 나네. 계속 젖꼭지에 힘을 가한 것을 생각하면 다른 곳에 정신을 팔았을 확률이 더 크네. (오른 손가락으로 뭔가를 돌리는 시늉을 하며) 젖꼭지를 돌릴 때에는 이쪽저쪽으로 균형을 맞춰가면서 돌려야 하는데, 그날은 무심코 같은 방향으로만 계속 돌려댄 것 같네. 갑자기 정신이 번쩍 들지 뭔가. 뭔가 완전히 분리되어 떨어져나간 듯한, 그 이루 말할 수 없는 허전함이 꾸역꾸역 밀려왔네. 다음 순간 말이지, 나도 모르게 오른 손바닥을 펼쳐보았네. 캬……."

여기에서 또 삼겹살을 한 점 먹고는 물을 들이켠다. 우리는 노릇하게 구워지는 삼겹살을 연신 입으로 가져가며 노인의 입을 바라본다.

"글쎄, 어지럽게 펼쳐진 손금 사이에서 빛을 잃은 가무스름한 젖꼭지가 나를 빤히 올려다보고 있지 뭔가. (자신의 손바닥을 쫙 펴서 들여다보는 시늉을 한다.) 손금이라는 이 무수히 뻗은 길 위에서 잠시 망설이는 것도 같았네. (이쯤에서 눈을 지그시 감고는) 어찌 보면 말일세, 그 복잡한 지도 위에서 이제 막 지워질 작은 섬처럼 보이기도 했네. (눈을 번쩍 뜨면서) 난 그것을 한동안 바라보았네. 손바닥에 땀이 차올라서 반짝거리기 시작하더군."

노인의 얘기를 듣다보면 이상 증세에 시달리게 된다. 대니는 씹던 삼겹살이 젖꼭지 같다면서 울상을 짓더니 상 위에 뱉어버린다. 입맛이 떨어진 거다. 나? 나는 느닷없이 뜨거운 덩어리가 명치에서부터 목구멍까지 치고 올라오는 것을 느낀다. 문득, 한 번도 본 적 없는 엄마의 젖꼭지가 견딜 수 없이 궁금해진 것이다. 도대체 그건 무슨 성분으로 이루어졌고 어떤 감촉을 가지고 있는지…….

노인은 계속 쩝쩝거리면서 추억에 어린 눈으로 이야기를 이어간다.

"아, 갑자기 짝이 내 팔을 툭툭 치면서 눈으로 뭐냐고 묻는 거네. 그래서 난 말일세, 흩날리는 벚꽃을 구경하는 사람처럼 몽롱하게 대답했지. "젖꼭지가 떨어졌어, 드디어." 내 말이 끝나자마자 녀석이 얼굴을 확 구기는 거야. (두 손을 흔들어대며) 뭐 호러 영화에서도 보기 드문 표정이었다고만 말해두겠네. 그런데 말이야. 나도 이해할 수 없는 일이 또 생겼네. 얼마 뒤에 오른쪽 젖꼭지마저 떨어뜨렸다는 거네."

대니가 황급히 묻는다.

"그럼, 젖꼭지 없이 사십니까?"

"아닐세. 몇 년 후에 젖꼭지가 다시 원래 크기로 자라났네. 도마뱀 꼬리처럼 말이지. 완전히 재생되었다네. 아무튼 지금은 양쪽이 다 달려 있지."

노인은 그 말을 마치면서 양 손바닥으로 자신의 양쪽 가슴을 탕탕 두드린다. 내가 무릎을 꿇고 노인에게 술을 권한다. 일을 쉽게 하려면 노인이 만취 상태가 되는 게 양심의 가책을 덜 받을 거 같아서다. 그런데 이 노인, 술잔을 받기만 하고 입에 대지를 않는다. 그러더니 느닷없이 묻는다.

"아버지의 정을 느껴본 적이 있나?"

"예? 그 정이라는 게 어떻게 생겨먹었는데요? 편의점에 가면 살 수 있는 겁니까?"

"아이구, 형님. 사람은 무형문화재라서 말입니다……."

눈치 없이 끼어드는 대니를 발로 툭 차고서 내가 말을 잇는다.

"저는 뭘 느끼기는커녕 부모님 얼굴도 모릅니다. 태어날 때부터 불법체류자였으니까요. 대니, 너 아버지 있지? 넌 뭘 좀 느껴봤냐? 그 무형문화잰지 뭔지."

"제 얼굴을 보십쇼. 이게 아버지 얼굴입니다. 미군이죠."

이 자식은 또 아무 소득도 없는 걸 가지고 거짓말을 하고 있다. 나한테도 늘 습관적으로 거짓말을 해댄다. 저 눈썹과 머리가 노란 건 염색체 이상 때문이고 아버지는 분명 한국인이라고 언젠가 말해 놓고는 그걸 또 잊은 거다.

거짓말쟁이들은 언제나 자기가 한 말을 잊어먹어서 무슨 말을 했는지도 모른다. 특이한 것은 막상 그 사실이 들통 나면 이리저리 잘도 둘러댄다는 것이다. 게다가 어디서 주워들었는지 도덕적인 말로 상황을 교묘하게 돌려 막는다. 카드 빚을 메우려고 매달 이 카드 저 카드 모두 동원해서 돌려막기하듯이 말이다.

"야 인마, 일시적이나마 네 말에 모두 속아 넘어가는 걸 보면 특별한 재능인 건 분명해. 그 재능 때문에 굶어죽지는 않겠지만 네놈 영혼은 일찌감치 죽어버렸을 거다."

선의의 거짓말이 아닌 자기 보호를 위한 거짓말은 타인에게 반드시 상처를 입힌다. 그럼에도 불구하고 거짓말을 멈추지 못하는 걸 보면 그 습관성 거짓말은 질병으로 분류해야 할 것 같다.

"대니, 네놈 병은 어디 가서 고쳐야 되냐? 병원 가서 주사를 맞아야 되나? 아니면 돼지도록 매를 맞으면 나을라나?"

물론 대니가 인정사정 안 가리는 악질은 아니다. 그러나 대니의 거짓말에 아주 가끔 상처를 입을 때가 있다. 동료인 나에게만큼은 진실했으면 하는 바람 때문인지도 모른다. 나를 낳고 가버린 엄마가 혹시 거짓말을 한 건 아닐까, 하는 의문이 내 어린 시절을 온통 지배했으니까. 어쩌면 내가 아무 상관 없는 집에서 태어나 살아가는 건 아닐까 하는 의구심 때문에 슬픔과 죄의식을 동시에 느껴야 했던 것이다.

"형님, 왜 그리 빤히 바라보십니까?"

"내가?"

화들짝 놀란 내가 노인에게 다시 술잔을 건넨다. 그러나 노인은 떠들썩하게 웃으며 받은 술잔을 세련되게 내려놓는다. 술을 건넨 상대가 서운하지 않을 정도로 고도의 테크닉을 발휘하는 것이다. 역시 사람 홀리는 데는 달인이다. 그러니 그 옛 애인이라는 여자도 엄청난 거액을 훔쳐다주고 버림을 받았겠지. 그러나 내가 누군가? 전대미문의 사기꾼 대니의 파트너가 아닌가. 나는 조용히 일어나 냉장고를 연다.

달달한 망고 주스를 꺼내 망고 반쪽을 으깨어 넣고 슬러시를 만든다. 노인이 환장하는 주스의 배합이다. 오늘의 레시피는 그 음료에 진정제 다섯 알이 추가된다. 도마 위에 진정제를 놓고 칼을 옆으로 눕혀 진정제를 으깬 다음 음료에 넣고 오래 저어주면 끝! 진정제 한두 알로는 도무지 진정될 노인이 아니다. 작업이 끝난 음료를 상에 올려놓자 역시 노인은 경계를 풀고 꿀꺽꿀꺽 마신다.

노인은 사탕수수밭에 도착할 때까지도 잠들지 않고 입담 좋게 고전 보따리를 풀어놓는다.

"공자의 출생은 '야합이생'이었지. 아마 자네도 그런 모양이구먼. 무슨 불법체류니, 뭐니……."

노인의 말하는 속도가 현저히 느려진다.

"들판에서 합쳐져 태어났다, 이 말이지. 부적절한 탄생이다 이거야…… 아, 일흔인 아버지와…… 열일곱의 어머니한테서 태어났으니……."

결국에는 졸음이 오는지 얘기 도중에 자꾸만 눈을 부릅뜬다.

"공자 세 살 때…… 아버지가 죽어. 어머니는…… 무당이야. 그 어머니한테 예를 배워……."

나는 한 알만 먹어도 진정이 되던 약을 노인에게 다섯 배를 먹였는데 효과는 다섯 배가 안 난다.

"그래도 공자가 말이지…… 동양 최초의 선생이…… 이게 됐다 이거야…… 궁하면 통했나? 그 애비의 정을…… 거 느끼지 못했다고 했나? 자네들이……."

아버지의 정을 느껴본 적 있냐고 재차 묻던 노인이 스르르 잠이 든다. 우리는 신속하게 노인의 옷을 벗기고 입에서 테이프를 떼어낸다. 손목과 발목이 묶여 있으니 깨어난다 해도 이 드넓은 사탕수수밭에서 빠져나갈 수는 없을 것이다.

우리는 노인의 머리카락 뽑는 일을 서로에게 미룬다. 마치 신성한 것에 손을 댔다가 부정 탈까봐 두려워하는 부족처럼 서로를 바라보며 도리질만 해댄다. 결국 우리는 노인의 머리에 손을 대지 못한다. 머리카락이 남아서 DNA 검사를 한다 해도 나쁠 건 없다. 노인의 죽음이 더 명백해질 테니까.

우리는 노인을 들고서 사탕수수밭의 중앙으로 더 깊숙이 걸어간다. 그리고 커다란 타월을 바닥에 깔고 그 위에 노인을 눕힌다. 나는 더 바라보지 않고 재빨리 돌아선다. 대니는 노인 앞에서 어물거리다가 후다닥 내 뒤를 따라 나온다.

"대니, 너네 아버지 진짜 미군이냐? 그래?"

"예, 그렇습니다. 저도 아버지의 정을 느낀 적이 없다니까요."

"야, 이 사기꾼 새끼야. 어떻게 아버지를 바꿔치기 하냐? 이 배은망덕한 놈아."

우리는 다 걸어나와서 차에 올라 시동을 건다. 대니가 운전을 하고 나는 조수석 의자를 뒤로 자빠뜨리고 발랑 드러눕는다. 사탕수수밭을 다 빠져나와서 도로를 달리기 시작할 때 내가 대니에게 다시 묻는다.

"아직도 너네 아버지 미군이시냐?"

"아닙니다, 형님. 다시 잘 생각해보니까 한국 사람입니다. 농사꾼이죠, 하하."

"난 아버지가 있는지 없는지도 모른다. 있긴 하니까 내가 태어났겠지만. 그게 참 애매하더라. 할머니가 사진을 보여주긴 했는데 정말로 나랑 닮은 구석이 눈 씻고 봐도 없더라고. 엄마의 진술을 확보할 길이 없으니 그 사진 속 남자가 내 아버지라고 믿을 수도 없지. 가끔 코피노들 데리고 찾아오는 여자들한테 돈 쥐여준 게 뭐였겠냐? 내 자식이라고 믿어서겠냐? 딱 봐도 아닌데…… 어쨌든 나야말로 그 아버지의 정이 뭔지, 어떤 맛인지 알 길이 없더라니까. 상상하는 것만으로는 알 수 없는 거잖냐, 피를 나눈 사람들끼리 느끼는 그 정이라는 게…….”

나는 눈을 지그시 감고 정말로 부성애라는 것에 대해 상상을 해 본다.

“안 되겠습니다, 형님.”

갑자기 차가 크게 턴하는 게 느껴진다.

“뭔데?”

“다시 사탕수수밭으로 갑니다, 형님.”

나는 그냥 다시 눈을 감는다.

잠시 후 우리는 사탕수수밭을 가로질러 아까의 그 자리를 찾아헤맨다.

“아까 주차한 곳에 차를 댔으면 이렇게 헤매진 않을 거 아냐?”

나는 짜증을 있는 대로 내고 대니는 아무런 대꾸도 하지 않는다.

우리는 삼십 분 만에 노인을 다시 발견한다. 노인은 아직도 평화롭게 잠들어 있다. 태어날 때처럼 알몸으로, 자궁 안처럼 몸을 둥글게 말고서.

“대니, 이제 너네 집으로 가야 돼. 내일 장군 들어오는 날이다.”

“형님, 이러다가 제 양심이 바닥날 것 같습니다.”

“그래? 그 양심 한 그릇에 얼마냐? 요즘 양심은 얼마냐구? 내가 한 그릇 사줄 테니까, 이 사기꾼아. 네놈 양심은 나한테 사기 칠 때부터 없었다. 기억은 나냐?"

나는 노인을 등에 업고 대니는 말없이 앞장서서 길을 터준다. 노인은 첫날 데려올 때보다 훨씬 가볍다.

납치 여섯째 날.

오늘은 장군이 월말 결산 때문에 들어오는 날이다. 한국에서 선적한 봉고차 열두 대는 이미 마닐라항으로 들어와 있다. 새벽부터 매장으로 나가 봉고차를 운전할 기사 열두 명과 합류한다.

마닐라항에서 차를 찾아 기사들을 열두 대에 나누어 태운 다음 나는 경찰들을 찾아나선다. 제복을 단정하게 차려입고 경찰차 앞에서 하릴없이 서성이는 경찰을 일단 주시한다. 범법자를 체포할 생각이라면 숨어 있다가 덮치는 게 세계적인 추세인데 저렇게 나 좀 보아달라는 자세를 오래도록 취할 때는 거래를 하고 싶다는 모종의 제스처로 보아도 무방하다. 나는 저런 경찰을 가장 선호한다.

복잡한 마닐라 시내를 봉고차 열세 대가 나란히 빠져나가려면 저들의 도움 없이는 불가능하기 때문이다.

차창을 내리고 "헤이 빠레" 하면 천사 같은 얼굴로 달려온다. 단거리선수도 저렇게 빠를 수는 없을 것이다. 일찍이 천사를 본 적은 없지만 저 얼굴일 거라고 나는 굳게 믿고 있다. 내가 저 천사들을 찬양할 때면 장군은 배꼽 달린 천사가 어디 있냐며 비웃는다. 천사에게는 배꼽이 없다는 것이다. 인간에게서 탯줄로 연결되어 태어난 것이 아니래나 어쨌대나. 내가 저 천사들과 내통하기까지 걸린 격동의 세월을 짐작이라도 한다면 그런 말은 하지 못할 것이다.

아무튼 배꼽 달린 천사와 악수를 나누며 슬쩍 이천 페소를 건네면 그 즉시 천사들은 사이렌을 울리면서 민중의 지팡이로 변신한다. 경찰차 두 대가 앞뒤로 호위하며 고속도로까지 시원하게 길을 열어주는 것이다. 이 꽉 막히고 복잡한 이국의 도로에서 천사가 아니면 어디 이런 일이 가능이나 하겠는가! 배꼽이 백 개인들 무슨 상관인가. 아니지, 배꼽은 탯줄 자국이니 더 많을수록 훨씬 인간적이 되는 게 아닐까.

매장에 도착하자 건물주가 기다리고 있다.

"빠레, 고위층을 화나게 하면 그땐 돈도 안 돼."

왜 이민국에 전화를 했느냐며 어두운 얼굴을 한다. 디존이 자기가 그래도 윗대가리인데 자존심이 상한다며 난리를 쳤다는 것이다. 구린 돈은 몰래 받으면 괜찮고 알게 받으면 자존심이 상하나보다. 옆에 서 있는 장군이 나를 보며 인상을 구긴다.

직원들은 장군을 보자 환호성을 지르며 달려든다. 저놈들은 장군이 들어오기만을 학수고대하고 있다. 장군은 들어올 때마다 직원들의 선물을 꼬박꼬박 챙기고 노래방에서 회식도 시켜주면서 그들과 어깨동무를 하고 노래를 부른다. 그리고 음식을 잔뜩 차려놓고 직원들의 가족을 모두 불러 파티까지 열어준다. 직원들은 그럴 때마다 사돈의 팔촌까지 불러서 배불리 먹인다. 직원들에게는 그날이 명절이다. 덕분에 직원들 수는 나날이 늘어만 간다. 장군은 직원들에게 빙 둘러싸여 일일이 그들의 기름때 묻은 손을 잡고 흔들어대고 있다.

나는 직원들에게서 배어나오는 저 큼큼한 냄새가 고통스럽다. 그 냄새가 내게 아릿한 통증을 유발한다는 걸 장군에게 말하기는 싫다. 일단 그 냄새를 인지하는 순간 내 기억은 폐차장에서 부품을 분리하던 시절로 정확히 돌아가 있는 것이다. 자동차 기름 냄새와 축축한 땀 냄새 그리고 내 몸에서 발산되는 발정 난 수컷 특유의 향. 그것들이 뒤섞여서 풍기는 질척한 냄새를 여기에서 다시 맡는다는 건 정말 고역이다. 냄새는 무엇보다 빠르고 정확하게 기억을 복원시키는 능력을 가졌다.

집에 가서 좀 씻고 나와야겠다. 밖으로 나와 담배를 피우다가 망고를 쌓아둔 자전거로 다가간다. 망고 장수는 자전거 짐칸에 망고를 잔뜩 올려놓고는 그늘 아래 누워서 짝눈을 뜨고 있다. 사려면 사고 말려면 말아라, 뭐 그런 눈빛이다. 더운 지역 남자들에게서 볼 수 있는 전형적인 모습이다. 나는 담배를 비벼 끄고서 망고 한 봉지를 산다. 내게 망고를 건네준 남자는 다시 그늘 아래에 벌렁 드러눕는다. 망고 한 봉지 때문에 몸을 일으킨 것이 불쾌하다는 듯 눈을 꽉 감는다.

나는 갑자기 요의를 느끼고 다시 매장의 화장실로 들어간다. 그런데 저번에 본 그 여자가 세면대 앞에서 웃고 있다. 순간 정수리 뒤쪽으로 차가운 물줄기 같은 것이 찌르륵 흘러내린다. 한 손에는 망고를 들고 다른 한 손은 막 바지 앞섶으로 가려는 엉거주춤한 자세에서 숨을 멈춘다. 눈동자만 굴려서 세면대 앞의 거울을 본다. 거울은 텅 비어 있다. 오늘은 반전이 많은 날이다. 여자는 거울 앞에서 웃고 있는데 나는 울고 싶다.

"이제 여기 오지 마라."

나는 떨리는 목젖을 누르며 간신히 그 말을 내뱉는다. 그리고 최대한 느린 걸음으로 천천히, 아주 천천히 화장실을 나선다.

자칫 서툴게 움직이면 안 돼. 실수로라도 뒤를 돌아보면 칼 같은 장군의 시선보다 더 날카로운 것이 날아올지도 몰라. 어쩌면 애처로움으로 무장한 노인의 눈과 쇠도 녹여버릴 그 능란한 불가사리 입술이 꿀꺽 삼키려들지도 모르지. 차라리 깡패들의 권총 앞에 서 있는 게 이보다는 덜 기분 나쁠 거야. 나는 이제 한국의 박경재가 아니라 이곳의 제임스니까 귀신 앞에서도 품위를 지켜야지…… 그런데 저 귀신은 대낮에도 나타나는 걸 보면 미친 게 틀림없어. 이걸 대니한테 말하면 사기는 형님이 친다고 떠들어댈 텐데…….

여기까지 생각이 끝났을 때 나는 벌써 시끄러운 길거리 한복판에 서 있다. 망고 봉지를 쥔 손이 축축하다. 최대한 느리게 움직인다는 건 머릿속 생각뿐이고 다리는 노인네 입처럼 쉴 새 없이 움직인 게 틀림없다.

이 상태로 운전을 한다면 분명 대형 참사를 일으키고 말 것이다. 내 체면에 뛸 수는 없고 경보 선수보다 조금 더 빠르게 걸어서 대니 집으로 향한다. 땀범벅이 되어 대니네 집 초인종을 누른다. 대답이 없어 문을 슬쩍 밀어보니 그냥 열린다. 내가 아무 때나 뻔질나게 드나드니 그냥 열어두었나보다.

대니는 요즘 의녀가 주인공으로 나오는 사극에 푹 빠져 있다. 하루 종일 할아버지 지키면서 식사까지 챙기고 수발을 들어야 해서 텔레비전에 빠질 수밖에 없다고 하소연한다. 게다가 자기 사업이 임시 휴업 상태라며 투정까지 부린다. 뭐 대니의 사업체는 본전도 들지 않는 제 놈의 저 이빨이겠지. 음식처럼 상하거나 재고 쌓일 걱정도 없으니 좋겠다. 그러고 보니 두 사람 입 놀리는 게 어쩜 그리도 닮았는지. 물론 저 이빨은 사기가 목적이고 노인네 입은 설득을 목적으로 하는 게 다를 뿐이다.

내가 거실 끝에 막 도착했을 때 마침 주인공이 고참 의녀의 음모로 인해 궁지에 몰리고 있다. 주인공 앞에서는 본색을 드러내며 위협을 일삼던 고참 의녀는 다른 사람이 나타나자 갑자기 순진무구한 표정을 짓는다.

"할아버지, 다음에 어떻게 됩니까? 아, 보면서도 진짜 힘들어 미치겠습니다."

노인네는 아예 다음 회까지 좌르륵 내용을 읊기 시작한다. 나는 거실에 선 채 호들갑을 떤다.

"나 오늘 귀신 봤어."

대니는 나를 보지도 않고 계속 화면에 눈길을 준다. 그러자 노인이 내게 말한다.

"귀신이 따로 있나? 저런 여자가 귀신보다 더 무섭지. 봐, 주인공 눈에만 저 여자의 본모습이 보이니 말이야……."

"아니, 할아버지. 내가요, 오늘 여자 귀신을 봤다구요. 이 백주대낮에, 그것두 남자 화장실에서 말입니다."

나는 점층법을 써가며 소리친다.

"그러니까, 저 여자가 귀신이라네. 귀신도 보이는 사람한테만 보이잖나? 왁, 하고 소리쳐봐야 소용없네. 소리친 사람만 시름시름 앓아누울 테니."

내 말을 잘못 알아들었나 싶어서 최대한의 간절함을 담아 호소했으나 노인은 요지부동이다. 귀신이 무슨 다면체라서 보는 사람마다 다르게 보인다며 훈계를 해댄다.

"그래서 '악'은 가스처럼 냄새로 구별한다는 것이네. 소리도 없고 보이지도 않고 만질 수도 없지만 엄연히 존재하는 거지. 그런데 말이야, 대개의 사람들은 꽝 소리를 내고 터져야 그때 비로소 가스였구나! 하는 게야. 참으로 안타까운 일이지."

노인네라 그런지 비디오를 보면서도 귀신 같은 소리를 해대고 있다. 나는 망고가 든 봉지를 식탁 위에 성의 없이 내려놓는다. 그러자 꿈쩍도 않던 노인이 간절한 눈으로 대니를 바라본다. 망고 냄새를 맡았나보다.

나는 화장실로 들어간다. 왁, 소리도 지르지 못하고 시름시름 앓을 각오를 하면서. 아까 못 본 볼일을 보다가 나도 모르게 오줌 줄기에 대고 코를 킁킁거린다. 가스 냄새는 아닌 것 같다.

매장으로 다시 돌아오면서 보니 망고 장수는 아직도 눈을 꼭 감고 있다. 남자에게 망고를 우루루 쏟아버리면 눈을 뜨려나? 그때도 한쪽씩 천천히 뜨게 될까.

내가 정수리에 손을 얹고 막 사무실로 들어서자 남자 둘이 이민국 직원이라며 뒤따라 들어온다. 봉고차에 기대서서 담배를 피우던 작자들이다. 일부러 내가 사무실로 들어서기를 기다리고 있었던 것이다.

언제까지 이 밑 빠진 항아리에 물을 부어야 하나. 세월이 흐르면 이끼도 끼게 마련인데 도대체 여기 항아리들은 밑도 끝도 보이지 않는다. 이런 이중과세를 계속 납부할 수는 없지. 시간을 벌기 위해 담배를 피우다가 디존이라는 이름을 떠올린다. 밑져야 본전이라는 생각으로 건물주에게 전화를 건다.

잠시 후, 이민국 직원들은 디존의 전화를 받더니 조용히 물러간다. 디존의 힘은 생각보다 크다. 그러나 일단 급한 불을 끄고 나니 생각이 좀 달라진다. 급하게 들어갔지만 화장실에서 나올 때는 확연히 달라지는 게 인간의 생리라지 않는가. 어차피 서류는 진행 중인데 괜한 돈 쓸 필요 없다는 생각이 집요하게 밀려드는 것이다.

그날 밤 나는 잠복근무를 시작한다. 야간 근무를 서는 경비원이 수상했던 것이다. 역시 지키라는 매장은 안 지키고 딴짓을 하고 있었다. 차 열쇠를 훔쳐 여자를 태우고는 밤새 드라이브를 다녔다. 드라이브 못해 죽은 귀신이 씌지 않고서야 어찌 그리 밤새 돌아다닐 수 있는가. 지금까지 야간 경비를 서는 대신 야간 드라이브를 즐겼다는 말이다. 배 속이 용암처럼 끓어오른다.

장군은 돌아가기 전에 골프나 실컷 치고 싶다며 골프장으로 나를 데려간다. 자비라고는 털끝만큼도 없는 땡볕 아래에서 어쩔 수 없이 골프를 치는 일도 이젠 지겹다. 취미가 아니라 먹고살기 위해 하는 짓은 다 눈물겹다.

장군이 또 "이 땅은"으로 시작해서 이 땅에 저주를 내리기 전에 내가 먼저 디존의 이야기를 꺼낸다. 그리고 선불을 주지 않겠다는 내 계획을 들려준다. 조용히 내 얘기를 듣고 있던 장군이 불쑥 미모사 얘기를 꺼낸다.

"비너스에게 미모사라는 공주가 있었어, 형. 미모사는 자신이 세상에서 가장 아름답고 빼어난 줄 알았대. 근데 어느 날 목동이 던진

말이 미모사의 가슴에 비수로 꽂혀. 저 얼굴로 세상에서 가장 아름답다고 뽐내다니. 그 말에 부끄러움을 견디다 못한 미모사는 그 자리에서 한 포기 풀로 변하지. 손을 대면 움츠러드는 건 부끄러움 때문이라고 해서 꽃말도 부끄러움이래."

"그런 말 들었다고 다 풀로 변해버리면 이 세상은 벌써 숲으로 변했겠다. 집집마다 거리마다 풀이 무성해지면 환경엔 좋겠네."

장군은 나를 물끄러미 바라보다가 눈을 가늘게 뜬다. 저런 시선에도 면역이 생겼는지 이제는 아무렇지도 않다. 나와 눈이 마주치자 장군이 미간을 모으고 상을 찡그린다. 그 바람에 눈썹이 살짝 붉어진다.

"형, 미모사는 신경초야. 그래서 밤에도 잎을 접고 오므라들어. 알겠어? 식물도 자기 보호 본능이 그렇게 뛰어나."

골프장 입구에서 김 사장이라는 작자를 만난다. 그는 귀신 얘기를 하면서 횡설수설하더니 데려온 경호원에게 갤러리 요금을 내주고는 필드로 데리고 나간다. 김 사장은 계속 하소연을 해댄다.

"귀신 때문에 혼자서는 어디에도 못 갑니다. 내가 요즘은 잠도 차 안이나 호텔에서 잔다니까요."

오늘처럼 무장 경호원을 늘 대동하는 건 물론이고 씻을 때조차 욕실 문을 열어놓고 경호원이 총을 겨눈 가운데 씻는다는 것이다. 하지만 그렇게 귀신 때문에 집에도 못 들어간다며 쉴 새 없이 떠들다가도 자기 차례만 돌아오면 갑자기 입을 딱 다문다. 그런데 귀신이 총에 맞아 죽었다는 소리는 아직 들어본 적이 없다.

나는 볼이 날아간 방향으로 걷다가 미모사 잎을 한 장 뜯는다. 잎은 자세히 살펴보기도 전에 잔뜩 오므라든다. 이렇게 자기방어에 능한 것을 보면 부끄러워서가 아니라 영악해서가 아닐까. 나는 바싹 오므라든 미모사 잎을 억지로 펼쳐본다. 더욱 오므라들어서 마치 이파리끼리 붙어버린 것 같다. 약이 바짝 오른다. 나는 그것들을 하나하나 뜯어내다가 나중에는 아예 줄기까지 찢어버린다.

미모사를 찢고 있는데 한국에서 전화가 걸려온다. 노인의 며느리다.

"아니, 뭐 하고 있는 거예요?"

며느리는 신경질을 내면서 나를 나무란다.

"조금만 기다려주시죠. 진짜 쉬운 일이 아닙니다. 만약에 못 죽이면 두 달 이상을 조용히 데리고 있든가 하겠습니다."

며느리가 팔짝 뛰듯이 냅다 소리를 지른다.

"뭐예요? 내가 사람을 잘못 골랐나?"

"잠시만요, 사모님. 영사관에서 전화가 왔습니다. 끊지 마세요."

나는 잠시 기다리라 말하고 녹음 버튼을 누른다. 이런 여자들은 믿을 수가 없다. 나중에 일이 다 끝나고 나서 돈을 제대로 준다는 보장도 없다. 계약서 대신에 녹음이라도 해두지 않으면 죽 쒀서 개 주는 꼴이 될지도 모른다. 본심이 사악한 인간들은 전혀 죄의식이 없기 때문에 정에 기대는 짓은 하지 않는 게 좋다. 자기가 저지른 짓을 죄라고 생각하지 않기 때문에 떵떵거리면서 잘 살아갈 수 있는 것이다. 우리나라만 해도 그런 사람들이 얼마나 많은가!

나는 다시 며느리에게 살갑게 말한다.

"사모님, 일은 금방 끝날 겁니다. 진정하시고요, 성공하면 그 증거로 노인의 시체를 사진으로 찍어서 납치할 때 가져온 신발과 함께 보내겠습니다. 그러니 상속받는 돈의 십분의 일을 주겠다는 약속이나 반드시 지켜주십시오."

며느리는 다급한 목소리로 재촉한다.

"약속은 지킬 테니 빨리 사진이나 보내세요. 지금 여기 사정이 나빠요. 노인네 딸들이 나한테 소송을 걸었어요."

"일이 너무 커졌네요. 그럼 어쩌나……."

며느리는 전화를 끊기 전에 말한다.

"노인네가 단 과일을 무척 밝히니까 죽기 전에 단것이나 실컷 먹이세요."

나는 전화를 끊고 나서 얼굴 표정을 정리한다. 그리고 볼을 따라 걷는 장군 옆으로 천천히 걸어간다.

김 사장은 여전히 귀신 얘기를 하고 있다. 그런데 이 인간은 사팔뜨기가 분명하다. 볼을 칠 때는 분명히 왼쪽을 겨냥하는데 볼은 여지없이 오른쪽으로 날아가버리는 것이다. 그게 불법은 아니니 뭐라고 따질 수는 없지만 이상하게 거슬린다. 저런 인간은 화투를 칠 때도 그럴 것이다. 양쪽의 패를 비슷하게 키워놓고 자기는 교묘하게 빠져나갈 생각으로 남의 패만 힐끔거릴 게 분명하다. 사람이 왜 그러냐고 내가 빈정거리자 장군이 시선을 멀리 둔 채로 말한다.

"짝눈을 뜨고라도 전후좌우를 살펴야 하는 거 아냐? 난 형이 좀 그랬으면 좋겠어. 자기 패만 보지 말고."

그랬더니 이 작자가 넙죽 받아서는 목소리에 기름칠을 해가면서 일장연설을 시작한다.

"아유, 저같이 어리석은 사람도 없습니다. 이 인생이라는 게 이 골프장 같아서 말이죠. 그냥 도처에 벙커가 널려 있잖습니까?"

그러더니 나를 한번 쓰윽 돌아보고는 만면에 웃음을 띠고 다시 목청을 돋운다.

"아, 그러니 거기 빠지지 않으려고 기를 쓰는 수밖에요."

"귀신한테 총 쏘는 사람이……."

내가 헛스윙을 해 보이면서 슬쩍 한마디 던진다. 그러자 장군이 볼을 치려다 말고 허리를 펴더니 장갑을 다시 추켜올린다. 장군은 여전히 시선을 멀리 둔 채 말한다.

"형은 십팔 홀까지 돌면 뭐 생각나는 거 없어?"

장군이 헤드를 볼에 갖다대고 겨냥하면서 다시 말한다.

"볼이 제일 잘 떨어지는 곳에 정확히 벙커가 있잖아."

"……."

"잘 생각해봐, 형. 왜 그렇게 설계했는지."

"……그럼, 세상이 골프장 설계 도면하고 똑같다는 거냐?"

장군이 말없이 샷을 날린다.

삼십육 홀까지 모두 돌고 나서야 땡볕 아래에서의 노동 같은 게임이 끝난다. 장군에게 기사를 딸려서 공항으로 보내고 나는 서둘러 매장으로 돌아온다.

드디어 야간 근무를 서는 경비원이 출근을 한다. 어슬렁거리며 매장을 들어서더니 내게 경례를 붙이며 씩 웃는다. 내가 유단자라는 얘긴 안 했었나? 미모사를 괴롭히던 과정을 놈에게 순서대로 진행한다. 발길질에 이단 옆차기. 그것도 성에 안 차 봉고차에 기대놓고 주먹을 반쯤 뻗는데 놈이 등에서 샷건을 뽑아든다.

이 샷건은 권총이나 다발총과는 달라서 한 방을 쏘면 그것이 수많은 파편으로 바뀌어 목표물로 발사된다. 그러니 잘못 쏴도 파편에 맞을 확률이 99.98퍼센트다. 0.02퍼센트는 내가 당장 놈의 등 뒤로 사라질 확률이다. 그 순간 흩어져서 지켜보던 직원들, 한국인 한 명, 현지인 열한 명이 흔적도 없이 사라진다. 한국에 가는 것이 소원이어서 언제나 충성을 다하던 브랜트마저 보이지 않는다.

만감이 교차한다는 표현을 누가 했는지 그 사람은 분명 만감이 교차해본 사람임에 틀림없다는 생각이 가슴을 후려치고 지나가자마자 교감신경이 활발히 작동하기 시작하더니 심장이 그야말로 말발굽 소리처럼 덜그럭거리는 것이 이러다가 자칫 스텝이라도 엉키게 되면 그만 숨이 딱 멈추게 되리라는 노파심까지 합세해 정작 총에 맞기도 전에 죽겠구나 하는 자포자기와 함께 얼굴에 몰려 있던 핏기가 간 떨어지는 속도보다 더 빨리 아래로 내려간다. 이런 감정의 도미노를 두 번만 경험하면 정말 생명에 지장이 있겠다 싶다.

온몸에 피가 빠지는 그 저릿한 느낌이라니. 굳이 표현하자면 죽음에 대한 공포조차 잊게 할 만큼 현란하고 혼미한 것이다. 그러니 지금의 내 얼굴은 수분이 밑동으로 모조리 내려가 잔뜩 오그라든 미모사일 게 분명하다. 놈은 간이 떨어지고 핏기조차 없는 내 얼굴에서 전의를 상실했는지 한순간 눈빛이 흔들린다.

이 제임스가 이국땅에서 경비원 총에 맞아 생을 마친다는 데 생각이 미치자 디존처럼 자존심이 상한다. 다음 순간, 나도 모르게 봉고차에 기대 뒷걸음을 친다. 그러다 차의 각진 부분을 잽싸게 돌아서 일단 놈의 시선에서 벗어난다. 다시 차체에 바싹 붙어 숨을 죽이고 놈의 등 뒤로 다가간다. 그런데 놈은 달려드는 나를 보고도 총구를 하늘로 겨냥한 채 얼이 빠진 모습이다. 나는 놈의 팔을 비틀어 총을 빼앗고는 상한 자존심을 만회할 때까지 패기 시작한다.

어디선가 보고 들은 가해의 방법은 다 동원한다. 그렇게 한참을 때리다보니 나도 언젠가 이렇게 맞았다는 느낌을 온몸의 세포들이 기억해낸다. 이상하게 내 주먹에 더 힘이 실린다. 사랑받은 사람이 사랑할 줄도 알고 고기를 맛본 놈이 고기도 먹을 줄 안다는 말은 이래서 탄생한 말인가보다. 그런데 이 자식은 미모사처럼 고개를 숙이기는커녕 눈을 동그랗게 뜨고는 나를 노려보는 것이 아닌가. 할 수 없이 몇 차례 더 반복해서 때린다. 때리던 내가 지쳐서 나가떨어질 때까지 계속, 계속해서.

할리우드 영화의 한 장면이었다고 숨어서 지켜본 직원들이 입을 모은다. 나는 경비 용역 회사에 전화를 걸어 소리친다.

"당신들이 양성한 살인자, 빨리 데려가라."

그들은 데려다가 죽여버리겠다며 씩씩거린다. 나는 끊었던 전화를 다시 걸어서 부탁한다.

"내가 반쯤 죽였으니 제발 죽이지는 마라."

누군가를 죽이는 게 어디 그리 간단하고 쉬운 일인가!

샷건의 위협을 받고 나니 왠지 더 불안해진다. 나는 브랜트가 있는 쪽을 바라보며 혀끝을 입천장에 대고는 "스으" 하고 부른다. 브랜트 주위에 있던 직원들이 서로 달려올 태세를 갖춘다. 이 "스" 소리는 이상하게도 꽤 멀리 퍼져나가고, 부르면 즉시 달려와서 편리하다. 스페인 식민지 때 스페인 놈들이 현지인을 부르던 방식이다. 그놈들은 힘 안 들이고 사람 부르는 방법을 알았던 것 같다.

나는 브랜트에게 사제 총을 알아보라고 시킨다. 여기는 트라이시클 기사들이 사제 총을 만들고 있다. 그들은 한국의 심부름센터 같은 역할을 하면서 청부 살인도 서슴지 않는다.

납치 일곱째 날.

비가 내리는 덕분인지 마음까지 차분해진다. 그런데 매장에 들어서자마자 나를 맞은 건 득실이들이다. 며칠 전에 집으로 찾아왔던 JY파 두목의 부하들이다. 비도 오는데 오늘 같은 날은 좀 쉬든가 하지. 그들은 진작부터 매장에 와서 진을 치고 있었던 모양이다. 매니저인 래미가 나를 보더니 양손으로 엑스 표시를 만들면서 인상을 구긴다. 저번에 문신 관광을 온 득실이들과 많이 달랐던지 직원들도 아무 말 없이 일만 하고 있다.

이번에도 역시나 성깔머리 더러운 득실이가 나를 발견하고 다가온다.

"니놈이 아적지 우리 큰성님을 뒤지고 댕긴담서?"

"뒤진 건 아니고요, 살짝 물어만 본 겁니다."

"긍께, 왜 자꾸 물어쌌냐고?"

"그냥 형식적인 겁니다. 저도 영사관에 보고할 말이 있어야 해서요. 제가 큰성님한테 무슨 유감이 있겠습니까, 그냥……."

"확, 당궈불기 전에 손 딱 떼랑게. 알아먹어야?"

"저 같은 게 무슨 위협이 됩니까, 이미 목숨 내놓고 산 지 꽤 된 놈입니다."

"아따, 시방 니놈이 내헌티 협박을 해부러야?"

갑자기 내 몸이 공중 부양을 하더니 봉고차 지붕에 떡하니 올라앉는다. 아무리 주변을 돌아봐도 저번에 같이 왔던 그 점잖은 득실이는 보이지 않는다. 직원들도 다시 할리우드 영화를 보는 듯 목을 움츠리고 시선을 떨어뜨린다. 이왕에 공중 부양하려면 더 높이 오를 것이지, 젠장.

그때 낯익은 얼굴들이 하나둘 보인다. 매장 안으로 한 명씩 차례로 들어온 그들은 꽁지돈 이자를 받으러 온 카지노 측 건달들이다. 그들은 봉고차 위에 올라앉은 나를 보더니 내려오라고 손짓한다.

나는 이때다 싶어서 성깔머리 더러운 득실이 쪽을 한 번 바라보고 다시 카지노 건달들을 청승맞게 바라본다. 그 짓을 서너 차례나 반복한다. 그러자 성깔머리 더러운 득실이가 상대편 득실이들을 한번 좌악 훑는다. 누가 봐도 카지노 건달들이 쪽수도 많고 현지 건달까지 골고루 섞여 있어 글로벌해 보이니 기세도 등등하다. 성깔머리 득실이는 손을 털면서 매장을 빠져나간다. 다음에는 목이 좋은 데서 만나자는 섬뜩한 말을 남기고서.

매장 직원들이 달려들더니 나를 봉고차 지붕에서 내려준다. 카지노 건달들은 매장의 봉고차 대수를 꼼꼼하게 센다. 차가 팔렸는데도 내가 돈을 갚지 않을까봐 가끔씩 들러 차량의 수를 세어간다.

"제가 차 팔리면 드리지 그걸 속이지는 않을 겁니다. 목숨을 파는 것보다는 차를 파는 게 더 낫지 않습니까."

"요즘 왜 이리 차가 안 팔려?"

"보십시오. 처음 이 매장 인수했을 땐 이 거리에 한국 중고차 매장이 딱 두 군데뿐이었습니다. 근데 한국인들 이상한 근성 있잖습니까. 누가 장사 잘된다 싶으면 바로 그 옆에다 똑같은 가게 차리는 겁니다. 보시다시피 지금 이 거리에 한국 중고차 매장이 열두 개입니다. 이미 상도덕은 무너져내렸고 가격 경쟁 들어간 지도 꽤 되었습니다. 같은 동족끼리 같이 죽자고 덤비는 건 도대체 왜 그럴까요?"

"그걸 왜 나한테 물어?"

"그런데도 왜 축구 경기 볼 때는 똘똘 뭉칩니까? 아무리 끈끈한 전우애도 그걸 따라가진 못할 겁니다, 아마. 안 그렇습니까?"

"난 공 안 차."

"공 안 차는 남자도 있습니까?"

"난 그런 남자 아냐. 여자두 아니고."

"에? 그럼……."

"뭔 생각 하는 거야? 여잔 공 안 차? 난 그냥 깡패야."

갑자기 노인하고 얘기하는 것처럼 가슴이 답답해온다. 뭔가 모호하고 철학적인 느낌이 들 때 찾아오는 증상이다. 그들은 자동차 수를 다 확인하고 나서야 떠난다. 떠나기 전에 아까 그 성깔머리 득실이가 남긴 말보다 더 섬뜩한 말을 남긴다.

"차가 안 팔려도 어차피 이자는 늘어나니까 상관없는데 말이야. 이러다가 여기 차 몽땅 꽁지돈 이자로 잡히면 그날로 이 매장은 다른 데로 넘어간다는 걸 명심해."

그들이 모두 빗속으로 사라지고 나자 나는 겨우 제정신으로 돌아온다. 장군이 이 사실을 알면 나를 죽이려고 덤빌 텐데. 정말이지 이래저래 죽는 걸 면할 수는 없나보다. 양쪽 건달들한테 내 목숨이 반반씩 달려 있으니 거의 죽었다고 보는 게 옳다.

이쯤 되면 노인을 죽이기 전에 내가 죽을 확률이 훨씬 높아진 거다. 불쑥 아까 며느리가 말한 단 과일이 떠오른다. 노인의 말처럼, 아니 공자님 말씀처럼 궁하면 통하나보다. 나는 빗속으로 뛰어가 망고를 한 보따리 산다. 그리고 심부름센터 업자들에게 브랜트를 보내 물건을 받아오게 한다.

퇴근 전에 돌아온 브랜트는 물건이 든 봉투를 건네며 말한다.

"보스, 시간 지나면 효과 점점 사라진다고 했습니다. 무슨 뜻입니까?"

나는 말없이 봉투를 낚아채고는 차에 오른다. 차를 출발시켜 대니 집으로 향한다. 기분이 이토록 더러운 건 비가 오기 때문일까.

집 밖에 차를 주차하고 물건이 든 봉투를 연다. 칼집에 싸인 과도를 꺼내 망고 봉지에 넣고 시동을 끈다. 그리고 다시 시동을 켜고 매장 쪽으로 달린다. 매장에 도착하자 직원들이 인사를 하면서 다가온다. 나는 다시 차를 출발시킨다. 다시 대니 집에 도착한다. 나는 망고 봉지를 들고 차에서 내렸다가 다시 차로 가서 시동을 끈다. 정신이 나갔나보다. 망고 봉지를 든 손이 축축하다. 빗물 탓이라고 여기면서 현관문을 힘차게 연다.

현관에 들어서자 기다렸다는 듯 노인의 『손자병법』이 들려온다.

"우리가 알고 있는 『손자병법』이 지피지기면 백전백승이다? 어허, 정말이지 그건 이기적인 기준에서 자기들 맘대로 이해하고 있는 거네. 그렇게 독서를 하면 인생에 독이 돼. 차라리 책을 안 읽는 게 백번 낫지. 손자가 말하는 완전한 병법은 백 번 싸워서 백 번 이기면 아름답지 못하다는 것일세. 그렇게 살면 옆의 사람이 피를 흘리고 가슴이 아프다는 거지. 그건 인간의 도리가 아니라고 말한 건데."

며칠째 죽음의 문턱을 넘나들던 노인은 처음 본 그 얼굴이 아니다. 이미 죽은 사람처럼 보인다. 저 입으로 공자, 노자를 떠들고 『손자병법』을 읊조린다는 게 믿기지 않을 정도다. 그러나 어쩌겠는가. 오늘은 그 죽음의 문턱을 좀 잘 넘어갔으면 좋겠다. 노인이 안 넘으면 내가 넘어가야 할 문턱이다.

나는 망고 봉지를 식탁 모서리에 슬며시 내려놓는다. 그때 대니가 다가오더니 라면을 사오라고 시킨다.

"할아버지가 라면이 너무 생각난답니다. 옛날 애인이 좋아했다고요."

노인은 갑자기 무슨 회상을 하는지 눈물을 주르륵 흘리며 밖을 내다본다. 마치 내리는 비와 작별 인사를 하는 것처럼 보인다. 저 메마르고 푸석한 몸뚱이 어디에서 저런 축축한 물질을 만들어 내보내는지 신기할 따름이다. 그 꼴을 보고 있자니 문득 라면 아줌마가 떠오른다. 한국인이 운영하는 환전소 근처에서 라면을 파는 아줌마인데 한인 사회에서는 라면 아줌마로 통한다. 가끔 한국에서 먹던 라면 맛이 간절할 때 찾아가는 곳이다. 아줌마도 저 노인네처럼 신세를 한탄하다가 눈물 섞인 라면을 내놓기 일쑤다. 옛날 애인이 그리도 좋아하던 음식이라니 죽기 전에 먹여 보내는 것이 죄책감을 덜 수도 있겠지.

나는 차에 올라 시동을 켜면서 망설인다. 라면 아줌마의 라면을 사다줄까 하다가 결국 한국 마트 쪽으로 향한다. 불은 라면을 주는 것도 예의가 아니지 싶어서다. 칼에 묻은 독은 시간이 경과하면 효과가 감소한다고 했다. 대니에게 뭐라도 사다줄까 싶어서 한국 과자 코너를 두리번거린다. 자꾸 시간이 흐른다. 결국은 달랑 라면과 풋고추를 안고서 재빨리 마트를 나온다. 왼쪽 귀 뒤로 규칙적인 통증이 지나간다. 오후부터 시작된 편두통이 급기야 강도를 높인 것이다.

대니의 집 담장에 주차를 하고 뛰어서 대문에 들어선다. 거센 빗줄기 사이로 실금 같은 번개가 지나간다. 순간 가슴이 미친 듯이 뛰기 시작한다. 황급히 현관에 들어서는 내 눈에 방금 지나간 번갯불의 잔상이 나타난다.

거실에는 대니 혼자 누워서 텔레비전을 보고 있다. 늘 단짝처럼 붙어 있던 노인이 보이지 않으니 이상하다.

"대니, 할아버지는?"

대니는 화장실 쪽을 가리키며 대수롭지 않게 말한다.

"제 가죽 벨트를 빌려달래서 드렸습니다. 바지가 흘러내린다네요, 헤헤."

개그 프로를 보는지 왁자지껄한 웃음소리가 집 안을 뒤흔든다. 나는 식탁 위에 던져둔 망고를 슬쩍 확인한다. 봉지는 아까 내가 던져둔 그대로다. 입안이 쓰다. 멀뚱히 앉아 있자니 평소에는 잘 안 먹던 믹스 커피 생각이 나서 물을 끓인다. 또다시 웃음소리가 한바탕 들려온다. 대니는 옆으로 누운 채 제 놈의 허벅지를 후려치면서 웃어댄다. 밖에서는 비가 쏟아지고 집 안에는 이유도 모르는 웃음소리가 쏟아지는데 내 머리에서는 다시 편두통이 시작된다. 갑자기 짜증이 확 치민다.

"야 대니, 할아버진 큰 거 싸러 들어가셨냐?"

갑자기 대니가 벌떡 일어나 앉더니 눈을 희번덕거린다. 그러고는 화장실로 달려가더니 화장실 문을 단박에 열어젖힌다. 웃다가 실성을 했나?

"야 인마, 아무리 노인네라도 사생활이라는 게 있는데……."

뒤이어 대니의 대답이 찢어져라 들려온다.

"할아버지가 죽었습니다."

"저 새끼가 진짜. 실성했냐?"

대니의 외침이 꿈결처럼 다시 들려온다.

"빡가 형님. 할아버지가, 빨리 형님."

나는 재빨리 식탁에서 몸을 돌린다. 대니가 대롱대롱 매달린 노인의 몸통을 안고 서 있다. 정신없이 달려간 내가 커튼 봉에서 벨트를 풀어내자 노인의 몸통이 대니의 품에 안긴다.

거실 바닥에 죽은 노인이 누워 있다. 가죽 벨트에 목이 묶인 노인을 대니가 힘차게 흔들어대지만 얼굴은 이미 보랏빛으로 질려 있다. 대니는 노인의 목에서 벨트를 풀어내고 다시 가슴에 귀를 가져다 대본다. 나는 천천히 식탁으로 돌아간다. 아까 올려놓은 주전자에서 물이 팔팔 끓어넘치고 있다. 정말이지 이토록 허무하게 끝날 줄은 몰랐다. 나는 끓는 물에 탄 믹스 커피를 후루룩 마신다. 입천장이며 혓바닥에 물집이 생길 정도로 뜨겁다. 그 외에는 아무 맛도 안 느껴진다.

"대니, 이제부터 정신 바짝 차리자."

내가 말을 하고 있는데 내 목소리가 아주 멀리서 울려오는 것처럼 어룽어룽 들려온다. 노인이 죽었다는 사실이 여전히 믿기지 않는다. 계속해서 죽이려는 시도를 했을 뿐 정말로 노인이 죽은 다음의 일은 생각도 못했다는 사실을 그제야 깨닫는다. 아마 그건 대니도 마찬가지인 모양이다.

"우리가 원했든 아니든 일이 이렇게 끝났다. 대니."

어쨌든 노인이 스스로 죽음의 문턱을 넘었으니 우리도 이 험한 산을 넘어갈 수밖에 없게 되었다.

"대니, 정신 차려봐. 폴라로이드 카메라 어딨어?"

대답이 없던 대니는 홀연히 깨어나는 듯 고개를 세차게 흔든다. 그리고 턱짓으로 텔레비전 쪽을 가리킨다. 나는 텔레비전 옆으로 가서 유리 장식장 안에 들어 있는 카메라를 꺼낸다.

"대니, 할아버지 좀 반듯이 눕혀봐라."

대니는 여전히 대답이 없다. 무서운 걸 본 아이처럼 고개를 홱 돌려버린다. 할 수 없이 나 혼자 노인의 어깨를 들어서 다시 반듯하게 눕히고 폴라로이드로 사진을 찍는다. 그 순간 희한하게도 며느리와 했던 약속이 불쑥 떠오른다. 일이 끝나면 노인의 짐을 보내라고 했다. 신발장에 넣어두었던 노인의 옷가지와 신발도 생각난다. 나는 그것들을 노인의 옆구리에 놓고 다시 사진을 찍는다. 그리고 털썩 주저앉는다. 다리 힘은 물론이고 온몸의 근육이 모두 풀어지는 것 같다.

"대니, 이제 할아버지 좀 빨리 보내드려라. 어디 잘 발견될 만한 곳에……."

시체가 빨리 발견되어 고이 한국으로 돌아가길 빌 뿐이다. 생면부지의 시체들도 잘 거둬서 고국으로 보냈는데 의도야 어쨌든 동고동락한 노인을 이 땅에 유기할 수는 없다. 정성을 다하고 예를 갖춰서 보내드려야 한다. 어차피 그 작업은 내가 맡게 될 테니까.

폴라로이드에서 밀려나온 인화지가 서서히 말라가면서 노인의 주검도 차츰 또렷해진다. 이럴 줄 알았으면 살아 있을 때 사진이라도 찍어드릴 걸 그랬나 싶다. 우리의 계속되는 살해 위협에도 주눅들지 않고 공자, 노자를 들먹일 때는 얼굴색도 괜찮았는데.

"대니, 할아버지 사진발 죽인다."

갑자기 대니가 결연한 얼굴로 일어선다. 방으로 들어가더니 노인이 덮었던 얇은 이불을 가지고 나온다. 그리고 한참을 선 채로 노인을 내려다보다가 이불로 돌돌 말아서 번쩍 들고 일어선다. 대니는 현관에서 노인을 등에 업더니 비 내리는 마당에 우뚝 내려선다. 두 사람 위로 시커먼 비가 쏟아진다.

잠시 후 찰박거리는 대니의 발소리가 들려온다. 이제 집을 떠났나보다. 나는 그제야 노인의 소지품과 사진을 싸기 시작한다. 아마도 며느리는 이 사진과 소지품을 범인들에게서 받았다며 법정에 증거물로 제출할 것이다. 나는 앉은 자리에서 그대로 누워버린다. 머리에서 바람 소리만 들리고 생각이 멈춰버린다. 희로애락이니 하는 감정들 중 어떤 느낌도 없다. 언제부터인지 편두통도 느껴지지 않는다.

나는 신경질적으로 다시 옆으로 돌아눕는다. 그런데 저게 뭐지? 노인이 목에 맸던 벨트에 글자로 추정되는 검은 선들의 조합이 보인다. 나는 누운 자세로 팔을 뻗어 벨트를 집어든다.

이제 그만 떠나주겠네. 부디 계획한 대로 이루길 바라네.

맙소사, 노인의 변태성은 가히 천재적이다. 가죽 벨트에 쓴 유서라니! 집 안에 굴러다니는 수성사인펜을 사용한 것 같다. 잉크가 조금밖에 없었는지 글자가 진했다 흐렸다 고르지 않다. 그래서인지 베이지색 가죽 벨트 안쪽에 나란히 적힌 검은 글자들이 언뜻 그림처럼 보인다. 아까는 왜 아무것도 보지 못했을까. 문득 벨트를 뒤집어 바깥쪽을 본다.

빠레, 살라맛 뽀.

왜였을까. 고맙다니. 무엇을 고마워한단 말인가. 첫마디도 '고맙다'로 시작하더니 마지막도 '고맙다'로 끝내는 노인의 일관성에 나는 왜 화가 나는지 모르겠다.

이제 그만 떠나주겠네. 부디 계획한 대로 이루길 바라네.
빠레, 살라맛 뽀.

인생무상이니 공수래공수거도 들먹이지 않은 짧디짧은 작별 인사. 그토록 무궁무진한 말을 쏟아내던 노인이 마지막에 할 말은 이

것뿐이었을까? 그 흔해빠진 말줄임표도 없는 노인의 작별 인사를 눈알이 빠지도록 노려본다. 차츰 눈이 감겨온다.

한참이 지나도 대니는 돌아오지 않는다. 벨트를 손에 말아쥐고 누워 있자니 잠이 쏟아진다. 이 상황에서 어떻게 잠이 쏟아질 수 있는지 내 인생 전체가 한심하고 혐오스럽기까지 하다. 무엇에 대한 것인지도 모르는 서러움까지 복받친다.

그렇게 얼마나 지났을까. 까무룩 졸았나보다. 비에 젖은 대니를 보고도 한참 만에 정신을 차리고 일어난 걸 보면 분명 졸았을 것이다. 대니는 그런 나를 개의치 않고 무슨 보고하듯이 말한다.

"골목을 몇 번이나 돌았습니다. 눈에 잘 띄는 곳에 보내드렸습니다."

대니는 젖은 옷을 벗으며 담담하게 아까 한 말을 반복한다. 나는 그제야 발딱 일어나 큰 소리로 되묻는다.

"그래? 내일이면 사건 접수가 되겠지?"

이제 차분히 기다리는 일만 남은 것이다.

3장

사건이 접수되길 초조하게 기다린다. 그런데 오전이 지나가도록 아무 일도 일어나지 않는다. 나는 고개를 갸우뚱거리면서 대니의 집으로 간다. 대니는 아직도 혼곤히 자고 있다. 흔들어 깨워도 헛소리를 늘어놓으며 일어나지를 않는다.

"잠이 안 와서…… 이제야 잠들었습니다."

"대니, 그럼 일어나. 나랑 매장 나가서 밥 먹고 마사지 받으러 가자. 나도 몸 상태가 말이 아니다. 빨랑 일어나봐."

대니는 눈을 감은 채로 일어나 내 손에 이끌려 차에 오른다. 일단 매장으로 출근을 해서 직원들 기강을 좀 잡아야겠다. 요즈음 일을 소홀히 해서인지 매니저인 래미마저도 매장을 자주 비운다. 매장 앞에서 차를 세우고 직원에게 자동차 열쇠를 준다.

"대니, 일어나. 이 자식이 왜 이리 약해빠졌어. 아무리 큰일을 치렀다고 해도 이렇게까지 매가리가 없을 수가 있나."

잠든 대니를 흔들어 깨우는 데 정말이지 오랜 시간을 들인다. 대니와 함께 간신히 매장 문을 열고 들어선다. 그러자 곧이어 이민국 직원들이 들이닥친다. 그들은 순식간에 이 일대의 차 장사꾼들을 모조리 한곳으로 모으고 난리 법석을 떤다. 느닷없이 아무런 예고도 하지 않고 이런 적은 처음이다. 그들은 외모가 필리피노 같은 임 부장에게 타갈로그어로 묻는다.

"직원인가?"

임 부장은 대답을 하지 않는다. 못하는 것이다. 큰 눈을 황소처럼 몇 번씩이나 껌벅거리고 있으니까 성질 급한 이민국 직원 하나가 나가라고 소리친다. 그 말도 못 알아듣고 멀뚱히 서 있는 임 부장에게 내가 소리친다.

"빨리 나가, 이 우라질 놈아."

할머니가 내게 제일 많이 했던 욕이다. 다급하고 울화통이 터지니까 그 욕이 불쑥 튀어나온 것이다. 할머니가 내게 욕할 때의 심정이 조금 헤아려진다. 임 부장은 갑자기 뭔가 생각났다는 표정을 짓더니 슬그머니 빠져나간다.

이민국 직원들은 주위를 둘러보더니 구석에 앉아 졸고 있는 대니를 깨운다. 대니가 겨우 눈을 뜨자 워킹비자를 내놓으라고 다그친다. 대니는 졸린 영어 발음으로 겨우 대답하고 다시 눈을 감는다.

"난 워킹 안 해…… 난 비자 필요 없다……."

"그럼, 너도 불법체류자다."

"난 워킹비자 필요 없다. 워킹 안 해."

대니가 정신을 차리고 다시 말했지만 이민국 직원은 이미 다른 사람을 상대하고 있다. 그런데 직원 하나가 대니를 흘끗거리며 말한다.

"저 새끼 약 먹나봐. 무슨 병에 걸린 거지?"

그사이에 다른 사람들은 서둘러 합의를 보고 빠져나간다. 돈을 주면 순식간에 합의가 이루어지는 것이다. 결국에는 대니와 나만 남는다. 나는 그냥 버티기로 한다. 내가 누군데, 하는 오기도 생긴다. 직원 중 한 놈이 합의 안 보냐고 묻자 나는 느긋하게 대답한다.

"이게 합의냐? 난 워킹비자를 신청해놓은 상태고 다른 놈들처럼 사기 치고 도망 오지도 않았다."

내 말에 대니가 눈을 허옇게 흘긴다. 직원들은 대니에게도 합의

안 보냐고 묻는다. 내가 대신 그들에게 말해준다.

"그는 돈도 없고 집도 없다. 게다가 일도 하지 않는다. 그러니 불법이 아니다. 그는 여기에 놀러 왔다. 당신들이 실수한 거다."

그들은 내 말을 들은 체도 하지 않는다. 이민국에 들어가면 서로 골치 아프니 세 시까지 결정을 해달라며 사뭇 진지한 말투로 부탁한다. 설마 저들이 나를 어쩌겠나 싶다. 그런데 세 시가 되자 상황이 이상하게 돌아간다. 우리를 이민국 호송차에 태우는 것이다.

처음에는 그냥 제스처겠거니 했다. 설마 무궁무진한 돈줄을 다른 곳으로 넘기는 멍청한 짓은 하지 않겠지? 그런데 무작정 고속도로로 진입하는 것이 아닌가. 혹시 저들에게 내가 다 짜버린 치약 같은 처지가 된 것은 아닌가. 더 비틀어 짜내봐야 부실한 찌꺼기만 나올 게 뻔하니 버리더라도 생색을 내는 쪽을 택할 수도 있다.

나는 재빨리 한국의 장군에게 전화를 건다.

"장군아, 내가 매장을 비우게 됐다. 지금 이민국에 끌려가고 있어. 그리고 임 부장 대신에 대니가 걸려들어서 같이 끌려가고 있는 중이라……."

장군이 내 말을 막고 묻는다. 그런데 이 자식은 얼굴만 큰 게 아니라 목소리도 우라지게 크다.

"왜 돈을 안 줬어? 형은 그 동네 골목대장이라고 한 말 아직두 이해 못해? 개네들 우습게 보지 말라구 수십 번은 말해……."

수화기를 통해서 장군의 침이 파편처럼 튀어온다. 장군은 계속해서 침을 튀긴다.

"형은 사업이 뭐라고 생각해? 비자 받기 쉬울 때 진작 안 받고, 현지인들 무시할 때부터 내 이런 날 올 줄 알았어."

그러고는 계속 무더기로 침을 뱉는다. 운전을 할 때도 요철 위를 지나갈 때는 최대한 속력을 줄여야 한다, 될 수 있으면 숨도 같이 죽이는 게 좋다, 가던 속력대로 가거나 더 속력을 내면 차체와 타고 있는 사람이 가장 큰 데미지를 입는다, 요철은 얼마 상하지 않는다, 상했다 하더라도 그 자리에 다시 생기는 요철은 더 높고 견고해질 것이다……. 이 자식은 걸핏하면 나를 가르치려 든다. 나는 그 듣기 싫은 고문에 주리를 틀리다가 기어코 한마디 한다.

"장군아, 나 장군 되는 거 골치 아파서 계속 골목대장 할란다."

장군은 한동안 말이 없다가 잘 구슬려서 차를 돌리게 하라며 한껏 낮은 소리로 말하고는 전화를 끊는다. 나는 전화를 끊자마자 요구했던 십만 페소를 주겠다고 제안한다. 너무 저자세로 나가면 우습게 볼까봐 시트에 좀 기댄 채로 여유를 부린다. 그런데 이민국에 가서 보자며 잠이나 자라는 것이 아닌가.

이민국에 도착하니 오후 다섯 시가 다 되어간다. 대니는 옆으로 쓰러져 잠만 잔다. 나는 단지 이런 곳에서 밤을 보내는 게 싫고, 디존처럼 자존심도 상하기 시작한다. 내가 벌떡 일어나 철창살을 붙잡고는 직원에게 디존의 이름을 댄다.

"누구?"

"디존, 디존에게 전화해봐. 앤젤레스에서 왔다고."

그의 눈썹이 곧바로 에스 자 형태로 변하더니 미세하게 꿈틀거린다. 나는 철창에서 걸어나와 웃으면서 그의 책상 앞에 앉는다. 그가 전화를 걸면서 경직된 자세로 허리를 약간씩 굽힌다. 나는 그 모습을 흐뭇하게 바라보며 책상 위에 있던 담배를 꺼내문다. 그리고 오늘 상한 자존심의 견적을 내기 시작한다.

담배를 반쯤 피울 무렵 그는 자세를 약간 풀면서 타갈로그어로 계속 떠들어댄다. 그가 한쪽 다리에서 힘을 빼더니 엉덩이를 책상에 댄다. 그리고 나를 힐끔 보고는 의자에 가서 앉는다. 의자에 더 깊숙이 몸을 묻으며 고개를 까닥거리기 시작한다. 그가 점점 의자 등받이에 체중을 싣는다.

이제 내 손의 담배는 필터 앞까지 타들어가고 책상 위에 놓여 있는 디지털시계는 다섯 시 십팔 분을 그리며 껌뻑인다. 갑자기 그자가 큰 소리로 웃더니 두 다리를 아예 책상 위로 올려놓는다. 바로 그 순간 나는 그자가 고양이로 변신 중이라는 것을 겨우 깨닫는다. 상한 자존심의 견적을 미처 다 내기도 전이다. 책상 위에 오른 그자의 웨스턴 부츠가 커다란 장화처럼 보인다. 장화 신은 고양이가 책상 위에 다리를 올려놓고 껄껄거리며 웃고 있다.

고양이로 급부상한 그들 앞에서 졸지에 쥐가 된 나는 다시 철창 안으로 쫓겨 들어온다. 이런 걸 반전이라고 하나? 그런데 이곳의 고양이들은 좀 다르다. 쥐새끼들을 막다른 골목으로 몰아넣지는 않더라는 말이다. 마음껏 전화를 쓰게 하고 휴대전화를 충전해주며 최대한으로 면회를 허용한다. 심지어 철창을 사이에 두고 하는 면회를 철창 안에서도 하게 해준다. 돈만 쥐여주면 가능하다. 그러니까 그렇게 바깥세상과 소통해서 빨리빨리 돈을 가져오라는 '외교적인' 배려인 것이다.

앤젤레스에서 여러 사람이 면회를 온다. 목사를 비롯해서 우리 매장의 고문 변호사까지 서둘러 다녀간다. 사람들은 모두 한결같이 "처음에 돈을 주었어야 했다"는 당연한 얘기로 입을 모은다. 그리고 해결책도 똑같은 것을 내놓는다. 자기에게 돈을 주면 해결해준다는 것이다. 디존은 연락이 되지 않는다.

내가 여기 수감되기 전에는 필리핀에 갖은 빽을 다 가진 사람들이었다. 필리핀에서는 팔 자가 쓰여 있는 국회의원 차는 어디든 무사통과인데 나는 이곳에 오고 나서야 사람들이 남의 팔자를 부러워하며 팔자타령을 하는 것이 이해가 되었다. 아무튼 그 무적 차량의 소유주인 국회의원은 물론이고 대통령 아들과 친구인 사람도 있었다. 그런데 내가 그 빽을 좀 사용하자니까 그 빽들이 서둘러 여행을 가버린 것이다. 그것도 머나먼 오지로.

처음에 십만 페소를 요구했던 고양이들은 이십만 페소를 요구하더니 다시 사십만 페소, 육십만 페소까지 올라간다. 하루에 십만 페소씩 올라가는 셈이다. 급기야 한국에서 직원을 시켜 돈을 보내던 장군이 면회를 온다. 장군을 보자 눈물이 핑 돈다.

"장군아, 네 돈으로 매번 떡값 뜯기는 거 미안해서 십만 페소 아끼려다가……."

여기까지 말했을 때 장군이 아주 낮은 소리로 "형" 하고 부른다. 그러더니 나를 뚫어지게 바라보는데, 살면서 그렇게 깊은 눈은 처음 본다는 생각이 든다.

"형, 아직두 자기 검열 안 돼? 십만 페소 아낄라구 여기까지 왔어? 나 이렇게 엿 먹일라구?"

장군은 한 번 더 짧게 으르렁거린다.

"형, 제일 나쁜 죄질이 뭔지 알어?"

장군은 '나쁜'이라는 발음에 더욱 힘을 주고 아까보다 더 깊은 눈을 만든다. 다시 내 눈에 초점을 맞추더니 빠르게 중얼거린다.

"세상에서 제일 나쁜 죄질은……"

그러고는 입안에 침을 한참 모았다가 뱉는 것처럼 나머지 말을 내뱉는다.

"……괘씸죄야."

순간, 나도 모르게 명치 부근으로 손이 올라간다. 지금 내뱉은 장군의 목소리는 결코 크지 않았다. 컴퓨터 활자로 치자면 팔 포인트 수준에, 오십 데시벨 정도의 소음에 불과하다. 그런데 그 말이 그냥 명치끝에 와서 콱 박히는 것이다. 나도 모르게 명치 위를 조용히 쓸어내린다. 그리고 괜히 너스레를 떤다.

"수염이 덥수룩해지니까 더 장군 같다, 야."

장군은 표정 없이 입술로만 웃는다. 그러더니 갑자기 눈썹에 힘을 준다.

"형이 저번에 해고한 그 경비원이 우리를 노동청에 고발했어."

"그 자식이 뭘 잘했다고 끝까지 물고 늘어지네."

"해고할 땐 한 달치 월급을 줘서 보냈어야지. 이유야 어떻든 남의 나라 와서 사업하려면 법은 지켜줘야 뒤탈이 없지, 안 그래?"

"안 그래?" 하면서 가르치려 들지만 않으면 존경할 만한 놈이라는 생각이 든다. 장군은 꺼칠한 수염을 손바닥으로 싹싹 비비더니 기적을 행한다는 필리핀 목사 얘기를 꺼낸다. 부흥회를 통해서 엄청난 교인을 거느리고 있으며 힘든 문제들, 특히 정치적인 문제도 척척 해결한다는 것이다.

"매장 고문 변호사가 지금 그 목사를 섭외 중이야."

장군은 맥도날드와 스타벅스가 지겨워 죽겠다며 입이 찢어지게 하품을 한다. 매일 스타벅스에 죽치고 앉아서 나와 대니를 꺼내주겠다며 덤비는 각종 사기꾼을 상대하는 것이 요즘 장군의 하루 일과다.

"형, 내가 하도 답답해서 어젯밤에 한인협회 사람들을 불러서 회의를 열었거든. 참석한 놈들 다 정계에 각별한 줄이 있다고 떠들더라구. 그래서 내가 화끈한 제의를 했지. 지금 당장 두 사람을 빼내오면 원하는 금액을 주겠다구. 첨엔 왁자지껄 난리가 나더라. 근데 차츰 조용해지더니 한 놈 두 놈 빠져나가더니만, 내 참. 나중에 보니까 나하구 동네 꼬맹이들만 남았더라고."

고양이 목에 달지도 못하는 방울 소리만 밤새 요란했다는 것이다. 여기 고양이들은 알다가도 모르겠다. 장군이 팔십만 페소에 두 명을 내보내달라고 했더니 이젠 돈도 받지 않겠다는 것이다. 합의를 보자는 말에도 못 알아듣는 척 뭉그적거리면서 좀체 대답을 하지 않는다. 무슨 눈치를 보는 것처럼 눈동자만 이리저리 굴려대는데 눈알 구르는 소리가 데룩데룩 들릴 지경이다.

"장군아, 부탁 하나만 하자. 우리 집에 있는 진돗개 두 마리 지금 쫄쫄 굶고 있을 거다. 걔네들 매장에 데려다줘라. 브랜트나 직원들한테 부탁하면 굶기지는 않을 거야."

"이 와중에 형도 참…… 알았으니까 형이나 굶지 말고 음식 잘 사먹고 있어."

디존은 도대체 어디로 간 걸까? 그때 십만 페소를 선불로 주었다면 여기에 오지 않았을까. 정말 미치고 환장한다는 생각 외에는 아무 생각도 나지 않는다.

이민국에서 일주일이 지나자 대니와 나는 '비쿠탄 수용소'로 넘겨졌다. 이곳으로 오면서 나는 자존심 따윈 엿 바꿔 먹기로 했다.

그토록 우습게 여겼던 저들이 고양이가 되어 내 길목을 지키고 있다는 사실이 처음으로 섬뜩하게 다가온 것이다.

이제 내 인생에서 시간을 헤아리는 기준을 바꾸기로 한다. 언제, 몇 살 때 혹은 어디에 살 때, 누구를 사랑할 때가 아니라 오로지 수감 전과 수감 후로. 그러니까 입소 전의 제임스와 입소 후의 제임스로 구분하는 것이다.

우리가 이송된 곳은 교도소 옆에 붙어 있는 백오십 평 정도의 수용소이다. 이층 침대가 둘 있는 사 인 일 실에서 나와 대니, 이 수용소 생활이 일 년째인 한국인 그리고 중국인 가이드가 한방을 쓴다. 중국인 가이드는 육 개월 전에 공항에서 그물몰이를 할 때 잡혀 왔다. 그는 이미 자포자기 상태로 보인다. 회사에서 힘을 써주지 않는다는 것이다.

"아마 다른 가이드를 채용했을 것이다, 나를 빼내줄 돈으로."

그렇게 말하는 그의 표정은 담담하지만 목소리는 심하게 떨리고 있다. 그런데 일 년이나 된 이 한국인이 문제다. 한국에 돌아가봐야 별 볼일이 없거나 사고를 치고 도망 왔을 것이 틀림없는 작자다. 본국으로 송환 조치를 하려 해도 본인이 사인을 안 하고 버티고 있는 중이다. 이 수용소 생활을 즐기고 있는 게 분명하다.

그는 이곳에서 나갈 수 있는 유일한 방법을 알고 있다며 떠들어댄다. 자기에게 돈만 주면 나갈 수 있는 루트를 알려주겠다며 은근히 속삭이기도 하는데 목소리가 하도 커서 배우들이 하는 방백에 가깝다. 관객들에게 다 들리도록 속삭이려니 배에서부터 소리를 끌어올리느라 애를 먹는다. 그런데 그 말을 꼭 끼니때마다 반복하는 것이다. 나는 그의 입안에 든 것이 내 밥그릇으로 날아올까 두려워 닭똥집 같은 그자의 입을 집요하게 바라보다가 결국 입맛이 떨어져 포크를 팽개쳐버린다.

"진짜 나갈 수 있다니까. 아, 왜 아까운 청춘들을 썩히나? 근데 이 돈이 문제거든, 이게. 이게 문제면서 또 모든 문제를 해결해, 이게."

그러면서 엄지와 검지 끝을 연결해 동그라미를 만들고는 우리 눈앞에 대고 어지럽게 흔들어대는 것이다. 지긋지긋하다. 매일같이 탈출할 수 있는 이런저런 가능성을 영화의 예고편처럼 모조리 끌어다 붙인다. 그러다가 어느 순간 갑자기 입을 딱 다물어버린다. 거기서부터는 '유료'라는 것이다. 그러나 그다음을 궁금해하는 사람은 아무도 없다. 오히려 거기까지 들어준 비용을 시급으로 계산해서 받아내고 싶은 심정이다. 이 작자는 아예 여기 눌러앉아 이런 식으로 수감자들을 대상으로 사기를 치는 것이다.

대니가 밖에서 돌아오더니 호들갑을 떤다.

"형님, 우리 여기서 장사합시다."

"야, 너 지금 여기까지 와서 나한테 사기 칠 거냐? 나 또 상처받는다."

대니가 씩 웃더니 내 손을 잡아끌고 어디론가 데려간다.

"형님, 한국 음식 뭐 먹고 싶은 거 없습니까?"

"돼지고기 넣고 끓인 김치찌개나 그 라면 아줌마가 끓여주던 라면 같은 거? 왜 그래, 인마?"

잠시 후, 나는 입천장을 데이면서 찌개를 퍼먹느라 정신을 못 차린다. 이국의 수용소에서 뜨거운 한국 음식을 먹으며 눈부신 자본의 극치를 경험한다.

이곳에서는 수감자가 장사를 할 수도 있다. 물론 이 수용소 직원들에게 돈만 주면 가능한 일이다. 한국인은 한국 식당을, 일본인은 일본 식당을 운영하고 있다. 수용소에 갇힌 자가 그곳 수감자들을 상대로 장사를 하고 있는 것이다. 이 나라에서는 할리우드 영화처럼 불가능은 없어 보인다.

밤마다 도마뱀이 죽어라고 울어댄다. 쭈쭈쮸쮸쮸쯔쯔쯔. 내가 어쩌다 이곳까지 오게 되었을까. 도마뱀이 자꾸만 그렇게 지껄이는 것 같다. 정말 어쩌다 여기까지 온 거지. 그때 쉽게 협의인지 합의인지를 보았더라면 어땠을까. 그러나 이제 그런 건 아무래도 상관없다.

나는 숨을 들이마신 다음 혀끝을 입천장에 대고 "스" 하고 소리를 내본다. 숨을 쉬지 않고 한 번 더 길게 해본다. "스으." 도마뱀이 다시 찢어지게 울기 시작한다. 이제 저 소리가 들리지 않는 날은 괜히 신경이 곤두선다. 앤젤레스의 내 방에서 울던 놈이 짝짓기에 성공했는지 슬쩍 궁금하기도 하다.

벽에서 시선을 돌려 반대쪽으로 돌아눕다가 다시 벽 쪽을 바라본다. 그림자 하나가 휙 지나간 것 같다. 귀신 아니면 도마뱀일 거라고 생각해버린다. 어쩌면 귀신이 도마뱀으로 둔갑한 것은 아닐까. 도마뱀일 때는 짝짓기를 위해서 죽을 듯이 울어대다가 나머지 시간에는 다른 모습으로 여기저기에 출몰하는지도 모른다.

오싹 한기가 느껴진다. 한기를 느끼자 셔츠 위로 젖꼭지가 볼록 솟아오른다. 나도 모르게 젖꼭지로 손이 올라가서는 젖꼭지를 톡톡 건드린다. 더 단단하고 볼록하게 솟아오른다. 문득 노인의 젖꼭지 허풍이 떠오르더니 느닷없이 밑도 끝도 없는 그 허풍이 미치도록 그리워진다. 한 맺힌 노인의 원기가 우리를 수용소에 집어넣은 건 아닐까. 나는 젖꼭지에서 손을 떼지 못한다.

곤두선 젖꼭지를 더듬고 있자니 오줌이 마렵다. 삐거덕거리는 이 층 침대에서 균형을 잡으면서 내려선다. 대니는 입을 활짝 벌린 채 코를 골고 있다. 나는 살금살금 걸어서 문밖으로 나온다. 한밤중이어선지 복도가 어두침침하다. 겨우 벽을 알아볼 수 있을 정도다. 화장실 입구에서 전등 스위치를 찾느라고 더듬거리다가 으흡, 하는 비명을 삼킨다.

화장실 안쪽에서 무언가 빤짝하고 빛이 난다. 잠시 후, 그 빛이 빤짝거리면서 내 쪽으로 서서히 다가온다. 심장이 요동을 치는데 오줌을 지리지 않은 게 신기하다. 천천히 내 앞으로 다가온 귀신은 의외로 몸집이 작다. 온몸이 까맣고 눈이 번뜩인다. 새카만 머리카락에서 이상한 빛이 흐른다. 여자 귀신처럼 웃지도 않는다. 나를 올려다보고는 몇 번 더 눈을 번득이더니 다시 천천히 움직여서 내가 왔던 복도의 반대쪽으로 사라진다. 나는 변기를 붙잡고 나오지 않는 오줌을 억지로 쥐어짠다. 그러고는 사지를 완전히 늘어뜨린 채 덜렁거리며 방으로 돌아온다. 대니를 깨울까 하다가 참는다.

아침을 먹고 나서 닳고 닳은 예고편을 다시 듣는다. 저것도 매일 듣다보니 이제는 졸음이 쏟아진다. 나는 하품을 하면서 운동장으로 나간다. 이 수용소의 담장만 넘지 않으면 백오십 평의 자유를 마음껏 누릴 수 있다. 그러나 이 안에 갇힌 하늘은 더 이상 하늘이 아니다. 잘 찍은 사진일 뿐이다.

고개를 뒤로 젖히고 한참 하늘을 바라보는데 "꾸야(아저씨)" 하는 소리가 들린다. 이제 이렇게 미쳐가는구나 싶다. 이곳에서 어린 아이 목소리가 들릴 리 없지 않은가. 다시 꾸야, 하는 환청이 들려온다. 문득 아래를 내려다보니 까무잡잡한 남자아이가 내 앞에 서 있는데 그야말로 눈이 얼굴 반을 차지하고 있다. 아이가 씩 웃는다.

아이는 수용소 면회실에 근무하는 직원의 아들이다. 집이 따로 없고 이곳에서 생활을 한다는 것이다. 이 비좁은 하늘 아래로 자발적으로 들어오는 사람들도 있다니! 여기야말로 교과서 밖이고 세상 밖일 터인데.

나는 아이의 눈을 들여다본다. 새카만 눈동자가 반짝이면서 흔들리는 듯하다. 그 눈동자에 백오십 평 하늘이 고스란히 떠 있고 그 하늘 가운데 내가 보인다. 초조와 체념을 칠 대 삼으로 섞어 버무린 얼굴이 불안하게 흔들리고 있다. 아이는 나를 오랫동안 볼 수 있도록 눈을 깜빡이지 않는다. 한참 후에 아이가 눈을 깜박이더니 내게 괜찮냐고 묻는다.

"힘들지요? 많이 아프고."

무당의 입에서 저런 말을 들었다면 목 놓아 울었을 것이다. 자기 속내를 알아주는 말을 들으면 갑자기 모든 게 서러워 흐느끼게 되듯이. 나는 그렁그렁해진 눈으로 아이를 바라본다. 아이의 눈 속에 비친 내가 정말로 힘들고 아파 보인다. 천사가 따로 없다. 나는 애써 목소리를 가다듬고는 태연하게 묻는다.

"그걸 어떻게 알았니, 네가?"

"화장실에서 만났잖아요, 어젯밤에."

아이는 다시 눈을 반짝이며 씩 웃는다. 나는 윤기 나는 아이의 머리를 빤히 바라보다가 몇 번이고 쓰다듬는다. 도토리 같은 뒤통수가 뜨거워질 때까지 계속 쓰다듬는다.

아이에게 매일 한국 음식을 사준다. 그러면 아이는 만화에 나오는 온갖 멍청한 남자의 캐릭터를 흉내 내곤 한다. 이를테면 수용소에서의 위문 공연인 셈이다. 아이의 아버지가 무언가를 받으면 꼭 돌려주어야 한다고 했다는 것이다. 천사들의 규칙 중에는 받은 만큼 돌려준다는 조항도 있는 모양이다.

수용소 생활에 익숙해질 무렵 장군이 필리핀 목사를 한 명 데려왔다. 언젠가 말했던 부흥회로 유명하다는 그 목사였다. 그는 다짜고짜 내 손을 잡더니 "오, 하나님"이라고 외친다. 방금 부흥회를 마치고 왔다더니 목소리가 바람 먹은 무의 속처럼 퍽퍽하게 들린다. 그러나 감정을 잡아서 상대의 마음을 움직이기에는 더없이 훌륭한 목소리다. 그의 성공 비결은 바로 저 안쓰러운 목소리 덕이라는 생각을 하고 있는데 그가 대니의 손을 움켜쥐고 아까보다 더 간절하게 하느님을 부른다.

"오호, 하나니임. 하나니임. 오호."

그의 말인즉, 길 잃은 어린양을 기필코 집으로 인도하겠다는 것이다. 내가 길을 잃고 이쪽 길로 들어서던 날 책상 위로 다리를 올리면서 변신하던 그 장화 신은 고양이가 떠오른다. 내가 재빨리 우리는 어린양이 아니라 쥐라고 말해준다. 목사는 그런 건 아무래도 상관없다면서 우리 둘을 이곳에서 빼내주고 워킹비자도 받아주겠다고 한다. 그것이 하느님의 뜻이라며 눈물까지 글썽인다.

나는 뜬금없이 떠오른 생각을 장군에게 속삭인다.

"저자는 하느님과 사적인 관계를 맺고 있는 거야?"

장군이 눈썹을 한 번 꿈틀거리더니 고개를 돌려버린다.

"장군아, 예능을 다큐로 받아들이면 어쩌냐?"

이 자식은 화가 나면 눈썹이 빨개져서 속일 수가 없다. 아니면 아니지, 뭘 그렇게 눈썹에 힘을 주는지 모르겠다. 아니, 하느님과 사적인 관계가 아니고서야 어찌 이 요지부동의 수용소에서 꺼내주고 블랙리스트에 올라간 사람의 비자를 받아줄 수 있단 말인가.

장군은 눈썹을 붉게 물들이고 속사포처럼 쏘아댄다.

"아니, 영사관에서는 진짜 뭐 하는 거야? 그 사람들 하는 일이 사건 났을 때 자국민 보호하려고 나와 있는 거 아냐? 형처럼 오지랖 넓은 사람이나 찾는 게 그 사람들 임무 같잖아. 일은 다 시켜먹고,

도대체 뭐냐고?"

그때 갑자기 목사가 두 손을 깍지 껴서 주먹을 쥐더니 우리를 향해 흔들어 보인다. 그런데 그 장면이 낯설지 않다. 중국 영화에서 충성을 맹세하는 장면 같기도 하고, 또 왠지 으름장을 놓는 것 같기도 해서 묘한 느낌이 든다. 장군은 돈을 달라는 제스처로 알아들었는지 그에게 팔십만 페소를 건넨다. 물론 목사의 요구대로 팔십만 페소를 카지노 칩으로 바꾼 것이다. 칩을 받은 목사는 눈물을 글썽이면서 꼼꼼하게 세기 시작한다. 한참 만에 칩을 다 세고는 다시 엄숙한 얼굴로 말한다.

"이 돈은 당신들을 위해 수고할 사람들에게 모두 돌아간다. 나는 그저 하나님의 심부름을 하는 사람이다."

목사는 다시 자신의 결연한 의지인 양 아까의 그 주먹을 몇 차례 더 흔들어 보이고는 돌아선다. 장군은 눈썹에 힘을 잔뜩 주고 목사의 뒷모습을 바라보며 주절거린다.

"도박을 하는 수밖에 없었어, 좆두. 소개해준 변호사 말을 전적으로 믿은 것두 아니구."

장군의 눈썹 앞부분이 눈에 띄게 꿈틀거린다. 패가 어떻게 떨어지든 간에 자기가 할 수 있는 만큼은 다했다고 중얼거린다.

"이 땅은 정말 사기꾼 아니면 성직자들뿐이야, 형. 어느 땐 그 둘이 한 몸이 되기도 하나봐."

장군의 "이 땅은"은 한 음이 더 올라가서 레, 미, 솔이 되어 있다. 장군은 그 말을 마치고 오랫동안 내 눈을 지그시 바라보더니 한숨을 섞어서 말한다.

"여기까지야, 형. 이게 내가 형한테 해줄 수 있는 마지막 예의라고."

"예의라니, 장군아?"

"이제부터 던져지는 패는 저들의 양심에 달려 있어……."

장군은 그 말을 반복해서 중얼거리더니 술 취한 놈처럼 신발을 질질 끌면서 돌아간다.

이처럼 완벽한 철옹성에 갇히다니! 사색이 되어 돌아온 우리를 반갑게 맞은 건 예고편만 틀어주는 그 한국인이다. 진작 자기 말을 들었어야 했다고 위로를 하면서 이제라도 늦지 않았다며 다시 그 예고편을 시작하는 것이다. 처음에는 저 인간 때문에라도 탈출하리라 마음먹었지만 지금은 예고편이라도 틀어주는 게 고마울 지경이다. 얼마 전부터는 내가 그 예고편에 살을 입혀서 더 많은 가능성을 추가하기도 한다.

영사관에서는 면회는 오지 않고 전화만 걸어온다. 한국에서 재판이 열리고 있다는 것이다. 여행지에 데려가서 죽였다는 살인 혐의로 노인의 딸들이 며느리를 고소했다고 한다. 결국은 이곳 대사관에까지 접수가 되어 영사들이 나를 찾고 있었던 것이다.

시간은 흐르고, 장군은 그날 이후로 면회를 오지 않는다. 그리고 그 목사를 본 사람은 아무도 없다. 간간이 다른 지방에서 부흥회를 연다는 소문만 들려온다. 옷이라도 바꿔 입고 이곳을 나가야 할 것 같다. 나가면 할 일이 많다. 문득, 돼지도록 패서 쫓아낸 그 경비원을 찾아봐야겠다는 생각도 든다.

카지노에서 한 번 그를 본 적이 있는데 다시 일하게 해달라고 통사정을 했다. 그때 나는 바카라를 하면서 적지 않은 돈을 잃었고 그나마 얼마 안 되는 이성까지 잃어가고 있었다. 나는 그에게 천 페소짜리 칩을 던져주면서 "내게서 꺼져"라고 했다. 나중에 자리를 털고 일어나면서 보니 내가 앉았던 의자 뒤쪽에 아까의 그 칩이 있었다. 그는 보이지 않았다. 분노의 결정체 같은 동그란 갈색 칩과 원인 모를 불쾌함을 남겨둔 채 사라지고 없었다. 왠지 그를 꼭 만나야 할 것 같다.

아침을 먹자마자 또 예고편이 시작된다. 나는 다시 그의 얘기에

살을 붙인다. 내가 새로운 가능성을 제시하면 대니는 옆에서 "맞습니다"를 꼭 두 번씩 외친다. 누군가의 기도문 끝에 "아멘" 혹은 "관세음보살"이라고 읊조리는 것 같다. 그때, 나와 대니의 이름이 큰 소리로 불린다.

면회실 앞에 도착하니 팔십만 페소의 칩을 받아간 그 목사가 와 있다. 그 옆에는 어린 천사가 서 있다. 목사는 "가장 충직한 어린 양"이라며 어린 천사의 머리를 쓰다듬는다. 그리고 내 손을 잡더니 목소리를 부들부들 떨면서 거의 절규하듯이 말한다.

"약속을 지키러 왔다! 당신은 오늘 이곳을 나가게 되었다."

뒤를 돌아보니 수용소 직원이 우리 둘의 소지품을 들고 서 있다. 이렇게 갑자기 나가게 되는 건가? 나는 옷을 받아들고 복도로 나오면서 직원에게 중얼거린다.

"저 목사가 하느님의 심부름 중에서 하나를 해냈군."

나는 그 말을 반복해서 중얼거린다. 갑자기 직원이 걸음을 멈추더니 내 팔을 건드리며 씨익 웃는다.

"위에서 지시가 내려왔다. 당신들을 한국영사관에서 증인으로 신청했다."

나는 뒤돌아서 달려간다. 사기꾼 목사가 아직도 흐뭇하게 이쪽을 바라보고 있다. 마치 저주를 내리듯이 어린 천사의 머리에 손을 얹고서.

"그 손 치워. 이 코딱지 같은 놈."

나는 미친 듯이 소리친다. 목사는 두 손을 들어서 내게 손바닥을 보이며 여유롭게 웃더니 재빨리 나가버린다. 그토록 육중했던 철문이 이리도 허망하게 열리다니. 그런데 이해할 수 없는 건 그 철문이 아니라 내 감정이다. 기쁘기는커녕 화가 치밀고 가슴이 둥당거리기까지 하는 것이다.

소지품을 챙기러 방으로 돌아오니 예고편 남자의 얼굴이 침통하다. 온갖 총알이 난무하는 바깥세상보다는 그래도 이곳이 안전하지 않냐면서 비굴하게 웃는다. 나는 고개를 끄덕여주고는 옷을 갈아입는다. 그리고 진심으로 말해준다.

"작품성이 뛰어난 예고편을 다시 볼 수 없어서 아쉽게 되었습니다. 부디 편히 계시다가 꼭 한국으로 돌아가십시오."

이곳이 나에게는 지옥이지만 저 예고편 남자에게는 천국일 수도 있겠다는 생각이 처음으로 든다. 남자는 침대에 걸터앉아 아무 말도 하지 않는다. 대니는 두 번 돌아보기 싫다는 표정으로 고개를 흔들더니 재빨리 나가버린다.

운동장을 가로질러 수용소 철문 앞까지 오면서 나는 몇 번이나 뒤를 돌아본다. 무언가 뒤통수에 달라붙는 끈끈한 느낌에 자꾸만 걸음을 멈춘다. 운동장을 한 번 휘둘러본다. 축구 골대에 붙어 있는 검은 물체가 카메라 줌인처럼 확 달려든다. 어린 천사다. 햇빛이 눈부셔 죽겠다는 듯 미간을 잔뜩 찡그린 채 이쪽을 빤히 바라보고 있다. 내가 본다는 걸 알았는지 손을 뒤집어 머리 위로 올려 손바닥이 정면을 향하게 하더니 손가락을 꼼지락거리며 천천히 흔든다.

"형님, 그냥 여기 계속 있고 싶은 겁니까?"

대니가 재촉한다.

"작별 인사도 못했잖냐."

나는 아이를 향해 손을 한 번 번쩍 들어주고는 재빨리 돌아선다. 언제 어디서든 누구하고든 이별은 힘들다. 아이의 가느다란 손가락이 뒤통수에 끈끈하게 달라붙는 것 같다. 나는 철문을 나오면서 머리를 한 번 크게 흔든다.

앤젤레스로 가는 도로의 거리 풍경이 사뭇 달라진 것 같다. 여전히 도로는 공사 중이고 차들은 자주 정체된다. 그러나 가로수의 크기나 색깔도 변한 것 같고 심지어 바람 냄새도 예전 같지가 않다. 아니면 내가 예전 같지 않은 건지도 모른다.

나와 대니가 노인과 함께 있는 것을 보았다는 제보가 현지인들 입에서 흘러나온 모양이다. 결국 우리는 영사관을 통해 한국 법정에 증인으로 서게 되었다. 물론 그것 때문에 지긋지긋한 수용소를 빠져나오긴 했지만 총알이 난무하는 이 바깥세상도 만만치 않게 돌아가고 있다.

나는 우리를 목격했다는 필리피노들의 명단을 듣는다. 증인이 무려 다섯 명이나 된다. 노인의 딸들이 이곳에 사람을 보내어 뒷조사를 시켰던 것이다. 나는 영사들에게 증인 처리를 부탁한다.

"아무 죄도 없는데 괜히 법망에 걸려들면 대사관에도 좋을 게 없지 않습니까?"

나는 한국의 법망이란 게 애매모호하기 짝이 없다는 말까지 덧붙인다.

"게다가 지금 저는 영사님들의 일을 맡아 심부름까지 하고 있는 처진데, 그게 한국에 알려지는 것도 좋지 않을 겁니다."

"……."

"저도 나랏일하는 사람 아닙니까?"

비자 문제도 좀 처리해달라고 말하고 싶은 걸 꾹 참는다. 그들이 나 같은 심부름꾼을 위해서 어디까지 힘을 써줄는지 믿을 수 없기 때문이다. 그리고 대사관만 믿고 있을 수는 없는 일이다.

나는 브랜트를 통해서 심부름센터에 일을 의뢰한다. 적지 않은 폐소를 지불하더라도 증인들을 일단 다른 곳으로 피해 있도록 해주면 그들의 일당에 곱하기 세 배를 지불하겠다고 제의한다. 숨어 있는 동안에는 계속해서 일당을 주겠다는 내 말에 그들은 쾌재를 부른다.

재판이 끝날 때까지만 입을 막으면 된다. 그다음에는 영장이 나오더라도 어차피 육 개월 이상이 지나갈 테고, 그렇게 시간이 하염없이 흐르다보면 한국에서의 법적인 일은 끝나 있을 것이다.

우선 며느리에게 전화를 건다. 내 전화를 받자마자 며느리는 지랄 발광을 한다.

"어디 숨어 있다가 이제야 연락을 해요? 딸들이 증인들을 물색해서 골치 아프게 생겼는데, 도대체……."

"우린 그동안 수용소에 갇혀 있었습니다. 지금 미치고 팔짝 뛸 사람은 접니다. 어쨌든 사모님은 선불도 내지 않고 거사를 치렀잖습니까?"

"글쎄, 그 거사가 내 숨통을 조이고 있다니까요."

"진정하셔도 됩니다. 제가 증인들 명단 갖고 있다니까요. 잠시 조치해놨으니까 딸들이 기자들 데리고 이곳에 와서 아무리 뒤져도 증인들은 흔적조차 없을 겁니다. 여긴 그런 나랍니다."

"그럼, 그 증인들도 죽였나요?"

"사모님, 이거 왜 이러십니까? 저 말입니다, 이날까지 살면서 개미는 몇 마리 죽여봤지만 사람은 딱 한 번뿐입니다. 그것도 제 손으로 한 건 아니죠."

"그럼 어떻게 증인들 입을 막겠다는 거죠?"

"여기 심부름센터에 시켜서 잠시 숨어 있도록 했으니까 걱정은 마시고요, 대신 그 증인들 다섯 명 일당의 세 배를 지불해야 합니다. 제게는 돈이 없습니다. 선불 내는 셈치고 돈을 좀 보내주시지요. 증인들 입은 막아야 하지 않겠습니까?"

"그건 걱정 말아요. 대신에, 무조건, 나와 관련한 어떤 일도 일어나선 안 됩니다."

"그렇게 되면 제가 죽는데, 그렇게 돌아가도록 그냥 두겠습니까? 여기서 일어나는 일은 걱정 마시고 돈이나 보내주십시오. 거기다가 우리 두 사람은 한국 법정에 증인으로 출석해야 합니다. 그 비용도 좀……."

"대신에 뒤탈이 없어야 합니다."

"증인도 없는데 무슨 탈이 나겠습니까? 그럼, 법정에서 뵙지요."

십여 년 만에 한국에 들어오는 날이 마침 광복절이다. 나는 마치 사면받은 광복절 특사가 된 듯한 기분을 느끼면서 공항을 나선다.

"형님, 저 여기서 죽는 게 아닐까요?"

대니는 마닐라공항에서부터 이미 죽을상을 하고 있다. 그동안 사기 친 구역이 전국구다보니 그들의 원성이 부메랑으로 날아올까 봐 노심초사한다. 먹는 거 밝히는 놈이 기내식도 물리친 걸 보면 속이 꽤나 타들어가는 모양이다.

"진정해라, 채무자들이 오늘 공항에 왔을 리가 없잖냐? 네가 무슨 유명 인사도 아니고. 네가 오늘 한국에 들어오는 걸 누가 알아?"

진정하라는 말을 수없이 반복해도 한번 구겨진 대니의 얼굴은 변화가 없다. 찌그러진 중고차 펴는 건 순식간인데 찌그러진 대니의 얼굴이 한국에서 펴지기는 글렀나보다. 내가 워킹비자 없이 마닐라공항을 돌아다닐 때의 그런 얼굴이다. 오줌 싸기 직전의 그 애매모호하고도 확실한 표정 말이다.

"대니, 재판이 내일이다. 그리고 바로 돌아갈 건데 그 안에 뭔 일이 일어나겠어? 불안하면 네 인상착의를 바꾸든가."

이럴 줄 알았으면 진정제 한 대 맞혀서 데리고 나올 걸 그랬나보다. 대니는 곧 가방을 뒤지더니 챙이 기다란 야구 모자를 꺼내어 눌러쓴다. 그러고 나니 대니의 특징인 눈썹이나 머리카락이 보이지 않는다. 나는 엄지를 들어 오케이 사인을 보내준다.

"대니, 너 그 꼴로 어디 돌아다니기도 그러니까 내 고향으로 가자. 집은 없어졌지만 호텔은 많아. 근데 그 동네서 사기 친 사람은 나 하나인 거 맞지?"

"그때 그 미군 병사……."

"걔는 지금쯤 미국으로 돌아가서 애새끼 낳고 잘 살겠지."

우리는 리무진 버스를 타기 위해 긴 줄에 합류한다. 역시나 외국인이 많이 섞여 있다. 그 모습을 보니 벌써 코끝으로 고향 냄새가 맴돈다.

터미널에 도착하니 오후가 되어 있다. 우리는 터미널에서 부대 앞까지 일부러 걷는다. 기다란 신장 육교를 걸을 때쯤에는 발그스름한 해가 서쪽으로 넘어가고 있다. 일몰을 비롯해서 이 동네는 변한 것이 없다. 건물도 예전 그대로다. 그 유명한 미스리 햄버거도 여전하고 매캐한 연기와 함께 거리를 떠도는 닭 꼬치구이 냄새도 변함이 없다. 그런데 부대 정문 앞은 예전보다 한가로운 분위기다. 미군들 모습은 아주 조금밖에 보이지 않고 내국인들이 더 많이 돌아다닌다.

"대니, 우리 돌아다니다가 저녁 먹고 호텔로 가자. 짐이랄 것도 없고 달랑 배낭 하나씩 메고 있으니 뭐 이대로 클럽에 들어가도 되겠다."

맥없이 고개를 끄덕이던 대니가 클럽이라는 말에 눈을 허옇게 흘긴다. 좋다는 뜻이다. 나는 닭 꼬치를 두 개 사면서 주인에게 묻는다.

"아저씨, 왜 미군들이 잘 안 보입니까? 휴일인데 거리가 썰렁하네요."

"모르셨어요? 미군들이 여기 나와서 돈 쓰지 못하게 하려고 부대 안에 술집부터 호텔, 카지노까지 싹 다 지어놨잖아요. 밖으로 나오지 않아도 저 안에서 다 해결할 수 있대요."

"에이, 나쁜 놈들이네요. 이 거리 상권 다 죽었겠네요?"

"그뿐입니까, 옛날 한국 양색시들이 죄다 어디로 가고 러시아 여자들이 들어왔었죠. 그런데 미군 간부하고 살던 러시아 양색시가 군부대 정보를 빼돌렸대요. 그래서 러시아 여자들 못 들어오게 막았나봐요. 지금은 필리핀 여자들로 물갈이됐어요. 한참 됐습니다. 필리핀 아가씨들이 영어를 하니까 좀 더 편한가봅디다. 부대 밖에서 살림 차리는 미군들이 꽤 있어요."

닭 꼬치 아저씨의 말을 듣다보니 이 거리의 변천사가 한눈에 읽히는 것 같다. 내가 여기 있을 때만 해도 미군들이 바글거리던 거리였다. 그 당시엔 내국인 남자들의 출입이 금지된 클럽 안에 들어가고 싶어서 얼마나 이 거리를 기웃거렸는지 모른다.

주변을 휘둘러보니 아직 변치 않고 건재한 곳이 눈에 들어온다. 이 거리의 타락한 영혼들을 구제하기 위해 들어섰던 갈보리교회다. 내가 여기를 떠나기 전에도 바로 저 자리에 있었다.

"대니, 저기 한번 올라가자. 오줌보 좀 비우고 나서 뭘 먹을지 생각해보자."

내 기억으로는 주변의 화장실 문이 모두 잠겼을 때도 이 층에 있는 교회의 화장실은 늘 열려 있었다. 타락했는지의 여부는 몰라도 오줌이 마려운 영혼들을 구제하고 있었던 것은 맞는 말이다. 우리는 화장실에 서서 나란히 소변을 본다. 제 오줌 줄기를 바라보던 대니가 뭔가를 가리킨다.

"형님, 저게 무슨 뜻입니까?"

대니의 기다란 손가락이 가리키는 것은 손바닥 반만 한 스티커다. 유리창 하나마다 빨간색으로 쓴 커다란 고딕체 글씨가 붙어 있고 그 아래쪽에 스티커가 붙어 있다. 스티커들은 각기 한 문장씩을 담고 있는데 창문이 엇갈리게 닫힌 때문인지 언뜻 전체 뜻을 알기가 어렵다.

"순금을 카드로 되파세요. 사서 현금 받고? 무이자 현금으로, 순금 팝니다, 오육 개월, 카드로 현금을 되파세요…… 저게 도대체 뭔 소리여?"

고향에 돌아오니 살짝 사투리가 섞여나온다. 나는 볼일을 다 보고 나서 그 문장을 연결시켜보려고 안간힘을 쓴다. 엇갈리게 열려 있는 유리창을 열었다 닫았다 하면서 글자를 맞춰본다.

"아, 알았다. 순금을 카드로 사서 현금으로 받고 되팔란다. 카드는 오육 개월까지 무이자다. 뭐 이런 소리 같은데. 그 옆에 있는 스티커 좀 봐라. 장기 매매한다잖냐?"

대니는 내 말에 고개를 갸우뚱거리면서 창문을 열었다 닫았다 하더니 손을 씻는다.

"어쨌든 한국 경제 사정이 무지 안 좋다는 소리 같으다. 너 근데 팔아먹을 장기는 다 붙어 있냐?"

"아이그, 정말 왜 이러십니까? 내가 살짝 불량품이긴 하지만 장기는 멀쩡합니다. 그런데요, 내가 여기서 사기 칠 때만 해도 사정이 이렇게 안 좋지는 않았는데 말입니다."

"이 자식이 이제 뻔뻔하게 나오네, 죄의식도 없이. 사기 치던 과거가 새삼 그리운 거냐? 너 같은 영혼들이 구제받아야 되는데, 안 그러냐?"

밖으로 나온 우리는 영혼의 구제에 대해 말하며 낄낄거린다. 한참을 웃다 다시 이 층의 교회를 올려다보고는 또다시 자지러진다.

"아이고, 미치겠다. 언제 갈보리교회가 갈보교회가 되었냐?"

창문 하나마다 교회 이름이 한 자씩 커다랗게 붙어 있는 것을 우리가 창문을 이리저리 열다가 겹쳐놓은 모양이었다. '리' 자가 붙은 창문이 뒤로 가려져 보이지 않게 되어 '갈, 보, 교, 회'가 된 것이다. 고모가 그토록 싫어하던 이름이었다.

우리는 법정에 일찍 도착해 자리를 잡고 앉는다. 증인석에 설 생각을 하니 자꾸만 마른침이 넘어간다. 노인의 딸들이 며느리와 약간의 시간 차이를 두고 입장한다. 딸들의 얼굴은 침울하고 며느리는 기세가 등등하다. 며느리는 대기석에 앉은 우리를 한번 쓰윽 바라보고는 눈길을 거둔다. 새침 떠는 도도한 고양이처럼 턱을 살짝 치켜들고 시선은 아래로 향한다. 아무리 그래 봤자 우아한 척하는 살인자, 그 이상도 이하도 아니다.

"내가 왜 고양이랑 안 친한 줄 아냐?"

"왜 그렇습니까, 형님?"

느닷없는 내 질문에 대니는 군기가 바짝 든 이등병 같은 말투로 속삭인다.

"아니다. 이따가 대답이나 제대로 해. 넌 무조건 모르는 거다. 오케이?"

대답 없이 대니의 고개가 크게 두 번 끄덕거린다. 녀석이 많이 긴장할 때의 버릇이다. 할아버지를 납치할 때도 말없이 자동인형처럼 온몸으로 실행에 옮기던 장면이 떠오른다. 정말이지, 그 일이 바로 어제 꾼 한낮의 꿈만 같다. 법정이 술렁이면서 판사들이 등장한다.

원고 측 증인들을 대신해서 큰딸이 증인석에 선다. 현지에서 나와 대니를 보았다는 증인들이 마을에서 사라지자 결국 증인이 한 명도 없게 된 것이다. 증인 선서를 하고 난 큰딸이 갑자기 눈시울을 붉힌다.

"아버지는 어차피 두 달 정도밖에 못 사십니다. 전립선 암이 온몸에 전이됐습니다. 우리 딸들은 그걸 알고 있었지만 올케는 몰랐습니다."

나는 뒤통수를 세게 얻어맞은 느낌이다. 어차피 두 달 후엔 스스로 죽겠다고 한 노인의 말이 헛소리가 아닌 것이다. 대니가 눈치 없이 내게 속삭인다.

"할아버지가 두 달밖에 못 살았을 거라니요? 이게 뭡니까?"

다시 큰딸의 목소리가 커지면서 더욱 떨린다.

"아버지를 보았다는 증인들이 갑자기 모두 사라졌습니다. 이것이 과연 무엇을 뜻하는지를 여러분께서 잘 헤아려주시길 바랍니다. 죽는 것조차 마음대로 못하게……."

큰딸은 더 이상 말을 잇지 못하고 서 있다. 눈물을 흘리지 않으려는 안간힘인지 입을 닫은 채 숨을 멈춘다. 딸이 계속 말을 잇지 못하자 판사는 잠시 기다리다가 딸의 증인 심문을 마친다. 큰딸은 입을 가린 채 그대로 증인석을 떠난다.

법정은 잠시 소란스러운 상태가 된다. 그 틈을 타 나는 숨을 크게 한 번 내쉰다. 아무리 침을 삼켜도 내려가지 않는 어떤 이물질이 목에 턱 달라붙은 느낌이다. 나는 잠꼬대하듯이 중얼거리며 앉은 자세에서 몸을 꿈틀거린다.

"우리 손을 더럽히지 않아도 되었을 텐데……."

그냥 두었더라도 두 달이면 지병으로 죽었을 거라는 뜻이고 며느리는 애써 청부 살인을 모의하지 않아도 되었을 거라는 말이다. 노인의 나이로 치면 거의 자연사에 가까운 것이기도 하지만 엄연한 청부 살인이 된 것이다. 목 안이 깔깔하다. 대니는 자꾸만 헛기침을 해댄다.

내 차례가 되어 나는 주춤거리며 증인석에 선다. 오른손을 들고 증인 선서문을 낭독한다.

"양심에 따라 숨김과 보탬이 없이 사실 그대로 말하고, 만일 거짓이 있으면 위증의 벌을 받기로 맹세합니다. 증인 제임스 박."

판사가 재빨리 말한다.

"본명을 말하세요."

"예, 증인 박 제임스……."

판사가 마이크에 콧바람을 두어 번 불더니 불만스러운 어투로 말한다.

"거 법정에서는 본명을 말하세요. 이름을 제대로 말하지 않으면 그 또한 위증으로 봅니다."

나는 그동안 내 이름을 잊고 있었다. 제임스로 십여 년 살다보니 다른 이름은 생각이 나지 않는다. 판사는 다그치듯이 형법을 읽어 댄다.

"형법 제152조 위증, 모해위증 법률에 의하여 선서한 증인이 허위의 진술을 한 때에는 오 년 이하의 징역 또는 일천만 원 이하의 벌금에 처합니다. 또한 형사사건 또는 징계사건에 관하여 피고인,

피의자 또는 징계 혐의자를 모해할 목적으로 위의 죄를 범한 때에는 십 년 이하의 징역에 처함을 알립니다."

"아, 예. 증인 박경재."

항상 다급하게 몰릴 때에서야 머리가 돌아간다.

나는 증인 선서를 하고 증인석에 앉아서 일관되게 고개를 흔든다. 아무것도 아는 것이 없으며 골프 가이드를 했을 뿐이라고 잡아뗀다. 대니의 차례가 되고 그제야 나는 대니의 본명을 알게 된다. 조대영. 그래서 대니가 된 것이다. 대니는 무조건 '모릅니다' 콘셉트로 나간다. 우리는 그저 증인으로 참석했을 뿐 무혐의로 처리된다. 며느리는 곧 삼백오십 억을 물려받게 될 것이다.

법정을 나서면서 대니가 중얼거린다.

"그래도 우리 손에 피를 묻히진 않았습니다."

"어쨌든 피 대신 죽음을 묻혔잖아."

"아니 죽음이 어디 묻었다고요, 뭐……."

"뭐? 뭐라는 거야?"

"아닙니다, 형님. 빨리 그냥 공항으로 가시죠."

"근데 네 이름이 조대영? 대니 조, 조 대니였어? 왜 '좆됐니'로 하려다가 말았냐?"

"농담하고 싶지 않습니다. 빨리 떠나고 싶습니다, 진짭니다."

"비행기는 야간 출발인데, 그냥 공항에 가고 싶냐?"

대니는 고개를 미친 듯이 끄덕거린다.

나는 며느리에게 전화를 걸까 하다가 그만둔다. 이 시점에서 그런 행동은 자살행위가 될 것이다. 어딘가를 돌아다니고 싶은 기분도 싹 가시고 무섭고도 무거운 저기압 같은 기운이 집요하게 덮쳐온다.

클락공항에 도착하니 날이 밝아오고 있다. 대니는 그제야 겨우 입을 연다.

"잠 좀 자야겠습니다."

공항에서부터 우리는 서로에게 말을 걸지도 않고 입을 다물었다. 나는 기내식이 나오는 것도 모르고 잠을 잤는데 대니는 그렇지 않은 모양이다.

"그래, 대니. 나는 집에 들러 씻고 매장에 나가봐야겠다."

대니는 고개를 까딱하고는 새벽 어스름 속으로 사라진다. 모든 일이 끝났지만 대니는 아직도 후유증을 앓는가보다. 날이 갈수록 말수도 줄고 표정도 점점 어두워진다. 차라리 상도덕을 지키면서 사기 치던 예전의 모습이 그립기까지 하다.

집에 도착하니 다시 기분이 착잡해진다. 한때 들썩거리던 집 안이 휑하다. 노인은 죽고 대니도 없다. 개 두 마리까지도 매장에 가 있으니 완전히 빈집이다. 우기에 수용소로 끌려갔다가 한국에 증인 출석까지 다녀왔으니 집을 비운 지는 꽤 된 셈이다. 그동안 어떻게 혼자 살았나 싶을 정도로 사무치게 허전하다. 나는 씻지도 않고 등나무 소파에 앉았다가 그대로 쓰러져 눈을 감는다.

한동안 까무러치듯 잠이 들었나보다. 거리의 소음이 시끄럽게 들려오는 걸 보니 대낮이 다 된 모양이다. 매장에 나가기 위해 서둘러 샤워를 한다. 이민국으로 끌려간 이후 매장에 나가는 건 오늘이 처음이다. 그 생각을 하니 이상하게 가슴이 두근거린다.

오랜만에 앤젤레스 거리를 걷는다. 찌프니와 트라이시클, 뒤범벅으로 엉켜 있는 자동차의 물결을 오래 바라본다. 바라보는 것만으로도 뜨거운 것에 덴 듯이 불편한 풍경이었는데 오늘은 이런 풍경이 눈물겹게 다가온다. 바글거리는 사람들 속에서 다갈다갈 들려오는 타갈로그어도 오늘은 거슬리지 않는다. 나는 매연과 함께 피어오르는 뜨거운 먼지를 힘껏 들이마신다.

매장에 들어서자 직원들은 무슨 귀신이나 본 듯이 나를 바라본다. 하긴 우기를 수용소에서 보냈으니 그럴 만도 하다. 나는 브랜트의 어깨를 잡고 잘 있었냐고 외친다. 브랜트는 머쓱하게 웃는다. 이상하다.

나는 큰 소리로 인사말을 하면서 사무실 문을 연다. 안녕 여러분? 돌아온 대답은 놀라움으로 동그랗게 치켜뜬 여러 쌍의 눈알, 눈들이다. 덩치 큰 못 보던 남자가 내 자리에 앉아서 나를 쳐다본다. 턱살이 축 늘어진 게 노래 하나는 잘하게 생겼다. 갑자기 래미가 벌떡 일어나더니 나를 사무실 밖으로 잡아끈다.

"저 사람이 여기 사장이다. 보스가 이 매장 팔았다. 여기 직원들 모두 계속 일하게 해주는 조건으로."

느닷없이 딸꾹질이 나온다. 나는 사무실 유리창을 통해 남자를 바라본다. 잘못 들은 건가 싶어서 방금 전에 들은 말을 래미에게 다시 타갈로그어로 묻는다. 래미는 타갈로그어로 아까처럼 똑같이 말한다.

"이제 저 사람이 여기 사장이에요. 이 매장 팔렸어요. 괜찮아요, 제임스?"

나는 오른손을 들어 괜찮다는 표시를 해준다. 유리창 너머에서 남자가 수화기를 들고 입을 오물거린다. 저건 내 전용 인터넷 전화였는데…….

나는 래미에게 한 번 더 손을 들어주고는 돌아선다. 장군이 내게 이럴 수가 있나. 마지막 예의라면서 술 취한 놈처럼 신발을 질질 끌고 돌아가던 장군의 뒷모습이 떠오른다. 다시 예전으로 돌아가야 하다니. 그나저나 카지노 꽁지돈은 어떻게 되었지? 지금쯤 살생부 명단에 있는 내 이름 위에 형광펜으로 줄이 그어져 있을지도 모른다.

그때 개 한 마리가 요란한 소리를 내면서 달려오더니 나한테 덤벼든다. 학학거리면서 나를 올라타고 온몸을 내던지고 난리 법석이다.

"그래 진정이, 네놈이구나."

나는 주위를 둘러본다. 진돌이가 보이지 않는다.

"그런데 왜 한 놈은 보이지 않는 거지?"

나는 다시 주위를 돌아보며 진돌이를 찾는다. 그때 브랜트가 무언가를 들고 다가와 내게 속삭인다.

"보스."

"브랜트, 개 한 마리는 어딨어? 진정이랑 같이 온 진돌이는?"

브랜트는 갑자기 슬픈 표정을 짓는다.

"미안해요, 보스. 그는 죽었어요."

"왜? 얘는 살아 있잖아?"

"여기 온 첫날에 저기 저 도로로 뛰어들었어요. 찌프니에 치여서 이틀 후에 죽었습니다."

공격성이 많을수록 더 많이 다치거나 일찍 죽을 확률이 높은 법이다. 브랜트는 내 표정을 살피며 잠시 기다린다. 그러더니 내 팔을 잡아끌고 봉고차로 데리고 간다. 차 안으로 들어가자 밖을 살피며 문을 닫는다. 그리고 누런 종이에 둘둘 말린 것을 내게 건넨다. 내가 의아한 표정으로 묻는다.

"뭐지?"

"보스가 이거 구하라고 돈 줬잖아요."

"보스? 나 이제 보스 아니다."

"나한텐 보스입니다. 우리 모두한테 계속 보스예요."

"브랜트, 잘 들어. 나는 이제 보스 아니라니까."

"압니다. 하지만 보스가 여기 떠나도 우리한텐 계속 보스입니다. 제임스가 좋은 사람인 거 우리 다 알아요. 안젤라가 재혼할 때도 아이들 대부 역할 해주고 보스가 그 남편한테 돈 줘서 음식 차린 거, 나중에 다 알았어요."

"됐어, 브랜트. 이제 난 다시 예전으로 돌아갔어. 십 년 전으로."

"보스……."

나는 브랜트가 건네준 누런 종이를 필사적으로 벗겨낸다. 한참을 벗겨내도 알맹이가 나올 생각을 않는다. 브랜트가 침을 한 번 삼키고 달려들더니 누런 종이를 힘껏 찢는다. 한참 만에 겨우 총구가 드러나면서 비릿한 쇠 냄새가 진동한다. 나는 조심스럽게 총에 손을 대본다. 차갑고 선득한 느낌에 명치까지 저릿해진다.

주문할 때는 38구경과 똑같은 걸 말했는데 그보다는 훨씬 크고 조잡스러워서 덩치만 큰 바보를 연상시킨다. 총알이 튀어나가기나 할는지 의심스럽다. 내가 난처한 눈으로 바라보자 브랜트가 엄지손가락을 치켜들고 "최고"라고 외친다.

"그래?"

어떻게 튀어나간다 해도 그렇다. 이런 총에 맞으면 죽기는커녕 무지하게 아프기만 할 텐데. 그다음에 돌아오는 보복을 감당해야 할 일이 더 큰 골칫거리로 남는다. 이래서 선불은 부담이 큰 법이다.

얼마 전에는 사제로 만든 낙하산을 가지고 비행기에 탄 도둑놈이 있었다. 스무 명 남짓 탈 수 있는 까떼끌란공항으로 가는 경비행기 안에서 범인은 손님들의 돈과 귀중품을 모두 걷었다. 그리고 조종사에게 좀 더 아래로 내려가도록 지시한 다음 비행기에서 뛰어내렸다. 그리고? 범인은 죽었다. 사제 낙하산이 펴지지 않았던 것이다. 그래서 짝퉁은 결국 모든 소비자에게 악으로 돌아오는 것이다.

나는 총구에 이마를 대고 한참을 앉아 있다가 장군처럼 신발을 질질 끌면서 집으로 돌아온다. 그 뒤를 진정이 혼자서 졸졸 따라온다. 그 모습을 보니 처량하기 그지없다. 밥그릇 싸움을 해도 둘이 더 보기 좋았는데.

집으로 돌아와보니 나를 맞는 건 도마뱀들이다. 등나무로 만든 침대와 소파 그리고 오래전 노인이 앉아 있던 흔들의자를 눈으로 더듬어본다. 다시 벽에 걸린 그림으로 시선을 옮기다가 천장 구석에서 멈춘다. 도마뱀 한 마리가 벽과 천장의 경계에 붙어 있다. 올라갈지 내려갈지를 아직 정하지 못한 듯 움직이지 않는다. 나처럼 행로가 불분명한 놈인가보다.

4장

코리아타운에서 총기 사건이 일어났다는 연락이 왔다. 환전소 사장의 돈다발을 노린 것이다. 범인은 환전소 사장과 같이 있던 지인을 쏴서 즉사시켰다. 그리고 달아나는 환전소 사장의 목을 잘못 쏘았다. 그래서 죽이지는 못하고 전신마비를 만들었다. 며칠 후 범인은 다시 그 현장에 나타났고 시시티브이에 얼굴이 찍혔다.

환전소 사장은 변호사를 구해 재판을 시작했다. 그런데 법정을 나서던 그 변호사마저 목에 총을 맞는 바람에 하반신 불구가 되었다. 이놈들은 이렇게 예의가 없다! 총을 잘못 쏴버리면 하반신 마비로 평생을 살아야 한다. 죽지도 못하고 살지도 못하는 상태로 숨을 쉬어야 하니 그건 정말 예의가 아니다. 그 정도로 조준에 실패한 걸 보면 사제 총을 사용했을 확률이 구십오 프로다.

수사 결과 선거 자금을 마련하기 위해 저지른 범행이라는 게 드러난다. 그것도 이웃 도시의 시장 선거에 돈을 대려고 벌인 짓이다. 나는 이 사건을 마무리하면서 생각을 약간 수정한다. 나쁜 짓을 안 했어도 돈을 갖고 있는 건 언제나 위험하다고. 나처럼 빚을 지고 사는 게 차라리 더 안전하다고. 그 생각을 하면서 코리아타운을 걸어 나온다. 코앞에 라면 아줌마 포장마차가 보인다.

나는 문득 걸음을 멈춘다. 저 라면 아줌마는 삼십 년째 이곳에서 라면 장사를 하고 있다고 했다. 처음에는 한국에 돌아갈 비행기표를 마련하기 위해 시작한 장사였는데 돌아가지 못하고 있다며 늘 한숨을 쉬었다. 자기를 떠난 남자가 다시 데리러 올지도 모른다는 생각으로 십 년 넘게 살다보니 그냥저냥 살아지더라며 눈물을 글썽거렸다. 은행에 다니다 나이 많은 애인과 살기 위해 은행 돈을 갖고 이곳으로 튀었다는 말을 수십 번도 넘게 들었다. 공소시효가 지나서인지 자신의 범행을 숨기려 하지 않았다. 게다가 그 애인에게 버림받았다는 말을 할 때는 라면 국물에 눈물도 빠뜨리지 않았던가!

나는 걸음을 옮기면서 라면 아줌마의 나이를 계산해본다. 그때 어떤 물체가 내 발치에 걸린다. 가만히 아래를 내려다보던 나는 심장이 두 동강 나는 경험을 한다. 만약 내가 앓고 있던 지병이 있었다면 어쩌면 즉사했을지도 모른다.

"할아버지? 할아……."

내 발에 물건처럼 걸린 그것은 다름 아닌 노인이다. 죽어서 빗속에 내다버린 노인이 코리아타운 바닥을 기어다니고 있는 것이다. 나는 부들부들 떨리는 손으로 노인의 얼굴을 가만히 들어올린다. 동공에 아무런 변화가 없다. 노인은 나를 전혀 알아보지 못한다. 노인의 손에는 라면 아줌마가 주었음직한 라면 가닥들이 들려 있다. 그때였다. 이상한 감정이 목젖에 매달려 내려가지를 않는 것이다. 글쎄, 그것의 이름이 딱히 떠오르지가 않는다. 슬픔인지, 안도인지, 아니면 한숨인지…… 그것도 아니면 목멤이나 희열, 서러움, 불편함인가? 그것들을 모두 한 솥에 넣고 푹 끓여서 우려내면 양념을 하지 않아도 지금의 이 감정이 나올 것 같다.

"할아버지, 나 알겠어요?"

나는 노인의 얼굴을 꼬집어보고 다리를 툭툭 건드려본다. 노인은 전혀 반응하지 않는다. 다음 순간 나는 노인을 등에 업고 무작정 달린다. 사탕수수밭에서 업고 나올 때보다 훨씬 가벼워서 마치 지푸라기 몇 줌을 지고 달리는 것 같다.

블랙리스트를 지워주고 워킹비자를 받아주겠다는 사람들은 여전히 줄을 선다. 한 번도 대통령은 오지 않았지만 대통령의 측근이라는 측근은 모조리 다녀간 것 같다. 그러나 내가 그 빽을 사용하려 들면 대통령은 갑자기 국정에 없던 순방 길에 오를 것이다. 게다가 머나먼 오지로 떠날 것이 분명하다. 그들은 내가 별로 반응을 보이지 않자 나중에는 이민국 직원을 대동하고 찾아온다.

"잠시 한국에 나가 있으면 블랙리스트를 지워주겠다. 여기에 있는 동안에는 지울 수가 없으니 지워진 후에 다시 들어오면 된다."

물론 진행비는 선불이다. 선불을 요구하면 이상하게 의심스럽다. 패스트푸드점에서 선불을 내고 음식을 기다리는 것과는 아주 다르다. 이제는 일 삼아 드나들 매장도 없으니 워킹비자를 받을 필요도 없는 것 같은데 내게서 뭔가를 뜯어내기 전에는 단념할 것 같지가 않다.

오늘은 일거리가 들어왔다. 아주 오랜만이다. 매장이 남의 손으로 넘어간 후 나는 프리랜서로 뛰고 있다. 이제 내게는 휴대전화가 유일한 밑천이다.

예전에 왔던 고객의 소개로 골프 손님을 받았다. 그들을 데리고 총을 쏘러 경찰서로 간다. 사격장을 찾는 손님들 때문에 이런 거래가 이루어졌는데 어느새 이 짓도 관광 코스처럼 돼버렸다. 내 차가 경찰서 마당에 쓰윽 들어서자 의자에 기대서서 하품을 하던 경찰이 채 입을 다물지도 못하고 튀어나온다. 입을 벌리지 않고 코 평수만 약간 넓히는 것으로도 얼마든지 가능한 그 장면을 어찌나 정밀하게 오래 연출하던지 그야말로 하품을 하다가 입을 찢어서라도 기필코 기네스북에 오르려는 안간힘으로 보일 지경이다. 그렇게 튀어나와서야 겨우 입을 수습한 경찰은 우리를 뒤뜰로 안내한다. 우선 38구경과 45구경 중에서 선택을 하게 한 다음 실탄 오십 발을 주고는 과녁을 갈아주느라 이리 뛰고 저리 뛰면서 난리를 떨어댄다. 과녁은 경찰서 붉은 담장 위에 붙인다.

고객들은 방아쇠를 한 번 당기고는 빗나간 과녁을 바라보며 고개를 갸우뚱거린다. 그러고는 이내 무슨 원한이라도 맺힌 듯 쉬지 않고 방아쇠를 당긴다. 저런 살의를 어떻게 감추고 살아가는지 궁금하다. 탕탕탕. 붉은 벽돌 조각이 사방으로 튄다. 피가 튀기는 것 같다. 몸살이 오려나보다. 살이 아프고 뼈마디가 욱신거린다. 탕탕탕. 파여나간 자리가 벌렁거리는 심장처럼 보인다. 갑자기 딸국질이 나온다. 벌렁거리는 심장으로 총탄이 빗발치듯 날아간다. 딸국질이 멈추지를 않는다. 하루이틀 본 것도 아닌데 오늘은 숨이 가쁘다. 총소리가 멈춘다. 고객들이 귀마개를 벗으면서 아쉽다는 비명을 지른다. 왠지 그 소리가 나를 죽일 수도 있었는데 아쉽다는 소리로 들린다. 나는 그들을 하나씩 찬찬히 바라본다. 그런대로 선량한 얼굴들이다.

오만 원이면 경찰이 준 실탄으로 경찰서 담벼락에 구멍을 낼 수 있다. 경찰들이 부르짖는 "빙고" 소리를 백뮤직으로 깔고서. 하긴, 그 돈이면 이 나라 어느 법정에서도 정의를 살 수 있는 금액이긴 하다. 그러니까 정의라는 것에도 가격이 있는 것이다. 어디 정의뿐이겠는가. 몇십만 원짜리 사랑도 있을 테고 그보다 값싼 눈물도 있을 것이다. 그렇게 온갖 것에 가격표를 매기다보니 그럴듯한 메뉴

표가 하나 탄생했는데, 그중에서 가장 싸구려는 디존과 내가 손상을 입었던 자존심 종류가 아닐까 싶다. 이 말을 하니까 또 자존심이 상하려고 한다. 골프 예약 시간에 맞추려면 오늘은 자존심 상할 시간도 없다.

나는 서둘러 미모사콘도로 향한다. 아무래도 오늘은 컨디션이 좋지 않다. 골프장 입구에서 고객들의 가방을 내려주면서 이번 게임은 쉬고 싶다고 말한다. 그런데 내가 없으면 안 된다고 이구동성으로 외쳐댄다. 빌어먹을 놈의 인기는 수용소 출소 후에도 식을 줄을 모른다. 하는 수 없이 골프 가방을 둘러멘다.

고객 중에서 꼭 북어 대가리같이 생긴 놈이 계속 떠들면서 설쳐댄다. 몽타주를 그리기 아주 수월하게 생겼다. 보통 사람보다 두 배로 넓은 이마에 깜짝 놀란 듯이 톡 튀어나온 눈, 턱 밑에 북어 꼬리처럼 털이 몇 가닥 달린 돌출된 점 하나.

나는 무표정하게 벙커를 오랫동안 바라본다. 벙커가 한없이 깊은 수렁처럼 보였다가 출렁이는 물결처럼 보이기도 한다. 북어 대가리가 계속 떠들다가 나를 보며 눈을 찡긋한다. 그러더니 꼭 십구홀을 돌러 가자며 능글맞게 웃는다. 배꼽 부근에서 정체를 알 수 없는 덩어리가 확 치밀어오른다. 그 덩어리가 속을 휘젓고 다니는지 내장이 아프다.

갑자기 나도 아까 그들처럼 미친 듯이 방아쇠를 당기고 싶다. 그러자 골프 가방 안에 든 사제 총이 떠오른다. 징그럽게 웃고 있는 북어 대가리를 향해서 총부리를 겨누면 어떻게 될까. 그래서 저 뾰족한 주둥이를 그만 닥치게 할 수 있다면. 골프채를 쥐고 있는 손바닥에 땀이 고인다. 내 차례가 왔다.

샷을 날린 자리에 한 움큼씩 잔디가 팬다. 캐디는 재빨리 그 위에 모래를 뿌린다. 그래야 그곳에 다시 잔디가 자라난다는 것이다.

"파인 상처에 바르는 연고 같네, 모래가."

내가 힘없이 말하자 캐디가 깔깔거리며 웃는다. 뭐가 우습다는 건지 모르겠다. 이런 내가 우스운 건지 잔디나 연고가 그렇다는 건지. 이상하게 모든 것이 달라진 것 같다. 하늘도 그렇고 풀 냄새도 예전 같지 않고 캐디의 웃음소리도 낯설게 들린다.

노을이 질 때쯤 게임이 끝났다. 주름을 만들면서 검게 스러져가는 노을을 보니 내 감정에도 주름이 잡힌다. 갖가지 명암을 가진 미세한 주름이 명치 아래에서 술렁거리는 느낌이다. 나는 일부러 기지개를 켜고 하품을 하면서 주위를 오래 둘러본다. 그리고 서둘러 씻고서 먼저 밖으로 나온다.

자동차를 향해 걷는다. 걷다보니 양말에 작은 미모사 잎이 하나 붙어 있다. 발을 한번 굴러본다. 잎을 잔뜩 오므린 채 달라붙었는지 떨어지지 않는다. 발을 들어 털어보아도 여전히 붙어 있다. 문득 예전에 달라붙었던 '사용 시 주의 사항' 스티커가 생각난다. 증명사진처럼 수줍게, 그러나 증명은 해야겠다는 듯이 집요하게 달라붙던 그것은 어디로 갔을까. 어쩌면 지금도 누군가에게 들러붙어 하얗게 빛을 발하고 있겠지.

다시 한 번 발을 구르는데 어디선가 내 이름 부르는 소리가 들린다. 제임스. 귀신이 내는 소리가 저럴까. "스" 하고 부르는 신호처럼 이상한 울림이 느껴지다가 바람 속으로 사라져버린다. 미모사 잎을 떼어내려고 엎드리는데 다시 내 이름이 들린다. "스으" 하는 여운이 길게 남는다.

내가 막 고개를 돌리는 순간, 팡 소리와 함께 내 무릎이 사뿐히 접힌다. 메고 있던 골프 가방이 쓰러지자 내 상체도 같이 기운다. 바닥에 깔린 미모사들이 서둘러 몸을 움츠리는지 주위가 순식간에 보라색으로 변해버린다. 혹시 천사의 사주를 받은 총알일지도 모른다. 숨이 턱 막히면서 샷건이 떠오른다. 쓰러진 채 내 주위를 둘러보니 온통 보라색으로 멍이 들어 보인다. 사건 현장에 뿌리는 흰

스프레이 대신에 움츠러든 미모사가 내 위치를 정확하게 그려주고 있다.

"빡가 형니임."

그때 멀리서 들리는 건 환청 같은 대니의 목소리다. 순간 노기를 띤 남자의 목소리도 들려온다.

"누가 장난치나?"

"그냥 나무에다 쏜 겁니다요."

아직 죽은 건 아닌 모양이다. 아니면 죽어 있는 나를 보고 있는지도 모르지.

"실례를 범해 미안하오."

누군가 내게 손을 내밀고 서 있다. 석양을 등지고 있어서 그의 얼굴은 보이지 않는다. 그 남자의 뒤로는 득실이들이 키득거리며 웃고 서 있다.

"나를 찾고 있다고 들었소. 내가 그 JY파 두목 J요."

나는 주먹으로 내 허벅지를 내리친다. 아픈 걸 보니 꿈은 아닐 테고 죽은 것도 아니다. 나는 다시 석양을 등지고 있는 사내를 바라본다.

"오늘 내가 당신을 찾아온 건 여기 사시던 내 어머니……."

사내는 거기에서 말을 잇지 못하더니 한참 후 다시 입을 연다.

"우리 어머니 마지막 가시는 길, 잘 보내드려서 고맙다는 인사를 하러 왔소이다. 내가 모시지도 못했던 어머니……."

아무리 건달 두목이라도 어머니라는 이름을 입에 올릴 때는 감정이 북받치나보다.

"내가 감방에서 썩어갈 때 이 땅에서 죽어간 내 어머니…… 평생을 자식 노릇 못했는데 가실 때도 이 손으로 못 보내드렸소. 그 어머니, 우리 엄마 고이 가시게 도와줘서 고맙소."

나는 그제야 사태를 파악하고 겨우 대답한다.

"제 할머니 보내드릴 때처럼 했을 뿐입니다. 가실 때라도 잘 보내드려야지요, 고이 보내드려야지요."

나는 사내가 득실이들과 함께 떠난 뒤에도 계속 그렇게 중얼거린다.

"노인을 보내드릴 때는 그게 도리지요. 암요……."

그때 찰싹, 하고 누군가 내 뺨을 갈긴다.

"빡가 형님, 이제 돌았소?"

차라리 돌았으면 좋겠다.

현관문을 박차고 대니가 들어선다.

"형님, 돈 좀 가진 거 있습니까? 이번 건은 큽니다, 커요."

한 건 물었다면서 대니가 우렁차게 떠든다.

"이번엔 나한테 사기 치냐?"

"아닙니다, 형님. 그 돈만 있으면 말입니다……."

"너 오늘이 무슨 날인지 아냐?"

"무슨 날이긴요, 큰 건 있는 날인데요."

"대니, 오늘 한국에서 그 며느리 마지막 판결 있는 날이다."

나는 대니를 데리고 마당으로 나가 담배를 피워문다. 혼자 남은 진정이가 조용히 일어난다. 진돌이와 둘이 있을 때보다 운동량이

줄었다.

"오늘이 그날입니까?"

대니가 사뭇 숙연한 표정으로 묻는다.

"대니, 잘 들어라. 잠시 후면 그 며느리, 게거품을 물고 쓰러질 거다."

나는 손목시계를 한 번 들여다보고 스포츠 중계를 하듯이 입을 연다.

"지금쯤 아마 무죄 판결을 기다리고 있겠지. 그런데 웬걸. 무혐의 판결이 내려지려는 바로 그때 말이다, 법정 문이 열리면서 휠체어가 나타난다, 이거야. 그 휠체어에는 여기서 죽은 할아버지가 앉아 있어. 뭐, 죽었다기보다는 사망진단 사고에 가깝지만……. 어쨌든, 그런데 말이다, 휠체어를 밀고 있는 건 다름 아닌 라면 아줌마! 노인이 삼십 년 전에 버린 그 애인이다, 이거야."

대니의 표정에 아무런 변화가 없다. 이럴 리가 없는데 이상하다.

"대니, 황당할 거다. 이런 걸 바로 반전이라고들 하지! 피고석에 있던 며느리의 눈이 황소처럼 커지겠지? 그러다가 곧 게거품을 물게 돼. 뭐, 변호사나 딸들도 기막힌 표정들일 거다. 휠체어는 증인석에까지 가서 멈추지. 그러면 게거품 물던 며느리는 쓰러지고 아들은 참회의 눈물을 흘리겠지? 딸들은 울부짖고, 그 소란을 가라앉히려는 판사의 망치 소리가 땅땅 울릴 거야.

할아버지는 바로 우리가 섰던 그 증인석에 서는 거야. 이런 게 바로 아이러니라는 거다. 이 사건의 발단이면서 핵심인 사람이 증인석에 서는 게 말이야. 일이 어쩌다 그렇게 돼버린 거지. 그러면 바로 그때, 라면 아줌마가 할아버지 손에 뭔가를 들려주지. 그게 뭐일 거 같냐, 대니?"

"뭔 소린지도 모르는데 제가 그걸 어찌 알겠습니까, 형님?"

"그건 바로, 내가 며느리와 사건을 모의한 통화 내용 녹취록이다, 이거야."

"그럼, 뭡니까? 우리 삼십오 억은 어디로 붕 날아갔다, 이겁니까?"

"애초에 없던 돈이 어디로 날아가냐? 사기꾼들은 그냥 남의 돈이 다 지 돈으로 보이지? 그치?"

대니가 씨익 웃는다. 지랄 발광할 때가 되었는데 어쩐 일인지 화를 내지 않고 웃는다. 제 몫으로 돌아갈 돈이 한 푼도 없다는데 여전히 웃고 있다.

"대니, 돈이 날아갔다고 생각하니까 아예 돌아버린 거냐? 응, 조

대니. 말 좀 해봐라."

"아닙니다. 일이 그렇게 되었군요?"

여전히 웃는 대니를 보니 이건 뭔가 한참 잘못되었다는 생각이 든다.

"형님, 그날 기억납니까? 할아버지 죽던 날?"

"그날은 왜? 죽은 할아버지가 법정에 나타난다니까 미치는 거냐?"

대니가 웃음을 거두고는 진지한 표정으로 말한다. 마치 용의자가 자백을 하듯 해탈한 표정이다.

"그날 제가 할아버지 업고 나가서 한참 있다가 왔잖습니까? 그리고 다음 날은 형님이 올 무렵에야 겨우 잠들었는데, 절 깨워서 매장에 끌고 나가는 바람에 저도 같이 수용소에 갇혔잖아요?"

"아, 근데 이제 와서 그 얘긴 왜?"

"그때 할아버지 업고 밖으로 나가는데 막 비가 내렸잖습니까? 동네를 걷고 있는데 등 뒤에서 꿈틀거리더라니까요. 첨에 그 꿈틀거리는 느낌에 저 아주 기절해 죽는 줄 알았습니다. 다리에 힘이 확 풀려서 그대로 주저앉아버렸다니까요. 아직 안 죽은 겁니다. 일단 바닥에 내려놓고 이불을 걷었습니다. 눈을 뜨지는 못했지만 신음도 내고 분명히 살아 있었습니다. 얼굴색도 좀 돌아오는 것처럼 보였어요. 그러니 어쩝니까. 비도 오는데 거기에 그냥 내팽개치고 올 수도 없잖아요? 할 수 없이 병원에 데려다주고 집으로 돌아와서 형님한테는 일 다 끝냈다고 보고한 겁니다. 그때 의사 말이, 다는 못 알아들었는데요, 겉으로는 죽었는데 아직 살아 있는 상태다, 숨을 안 쉬는 상태, 또 그래서 이십사 시간 전에는 불에 태우지도 못한다는 등등의 말을 했습니다. 우리가 말하는 가사 상태 같은 거라고 이해했습니다."

"넌 아직도 히어링이 그것밖에 안 되냐? 근데 어떻게 영어로 사기를 치냐? 천하에 희한한 자식……."

"어쨌든 그날 형님이 집으로 돌아간 다음에 다시 병원으로 가서 병원비 내고 제 주소를 알려주고 돌아온 겁니다."

"너 근데 그 애길 왜 이제야 하는 건데?"

"그걸 말하면 형님이 뒤집어질 텐데, 어떻게 바로 말합니까?"

"수용소에서 그 긴 시간 같이 있으면서 한마디 말도 없더니만. 이제 보니 이놈 아주 독한 놈이네, 응?"

"예? 무슨 말씀이십니까, 형님. 재판을 그렇게 뒤집은 거 보면 형님이 더 독한 거죠. 저는 그 엄청난 사실을 꾹 참느라고 죽을 뻔했습니다. 오죽하면 거기 살던 현지인 꼬마한테 죄다 불었겠습니까. 한국말로요. 근데 그 녀석 기특하게 고개까지 끄덕이면서 아주 잘 들어줬습니다. 지금 생각해도 그게 이상한데요, 진짜 알아들은 표정이었습니다. 그래서 진짜 천사가 맞나 싶어서 꼬집어보기도 했는데, 울지도 않았습니다."

"그래서? 계속해봐. 왜 할아버지가 살짝 맛이 간 상태로 라면 아줌마한테 간 건지?"

"저도 그게 궁금한 부분입니다. 병원 측에 제 주소를 줬지 않습니까? 할아버지가 깨어나면 데려다달라고 해놓은 겁니다. 근데 다음 날 우리가 이민국에 끌려갔다가 수용소로 넘어가고, 뭐 인생이 완전 반전을 거듭했잖습니까?"

"그래서?"

"그때 아마 집에 돌아온 할아버지가 혼자 있다가 살짝 맛이 갔나 봅니다. 길거리에서 거지꼴로 돌아다니다가 인심 좋은 라면 아줌마한테 가서 라면을 얻어먹은 걸 보면 말입니다."

"그럼 두 사람이 만난 게 우연이란 말야?"

"그러니까요. 라면 아줌마는 며칠이 지나서야 할아버지를 알아봤답니다. 옛날에 자기를 버린 애인인 줄 그제야 알아본 겁니다. 삼십 년이 넘은 데다가 우리한테 매일 살해 위협당하느라 맛이 아주 갔으니 더 그랬겠죠."

"그럼 결국 너랑 내가 서로 몰래 할아버지 살려준 거란 말이네?"

"제가 뭐랬습니까? 저는 사기꾼이라니까요. 살인꾼은 못 됩니다."

"에라이, 이 사기꾼아. 그렇다고 나한테까지 속이냐? 이 자식은 이래서 믿을 수가 없어요. 뭐 더 속이는 거 없어?"

대니가 뭔가를 내놓는다.

"우리 집 주소로 소포가 배달됐습니다, 형님. 할아버지가 보내신 겁니다."

"뭔데? 빨리 열어봐라. 돈다발이라도 들었는지."

봉투 안에서 나온 건 달랑 비행기표 두 장. 그것도 한국행이다.

"뭐야, 이거? 돈도 아니고……."

"형님, 여기 뭐가 더 있습니다."

다시 보니 웬 초대장이 보인다. 금박으로 테두리를 장식한 유치찬란한 하트 모양의 청첩장에다가 예비부부의 사진까지 넣었다.

"맙소사, 노인네 결혼식 청첩장이네. 신부는 라면 아줌마야. 하이고."

노인은 함박웃음을 터뜨리고 라면 아줌마는 알아볼 수 없을 정도로 수줍게 웃고 있다. 그런데 다 죽어가는 노인이 서둘러 결혼식을? 대니와 나는 동시에 눈을 마주치고 드라마의 마지막 장면처럼 정지 화면이 된다.

"대니, 그럼 그 재산은?"

"어쨌든 그 재산이 우리 게 아닌 건 분명합니다, 형님."

노인이 그토록 떠들어대던 『손자병법』에서 전략적 변화의 포인트라는 그 지점인가보다. 그나저나 노인의 얼굴에서는 청운의 꿈을 안고 상경하는 청년의 웃음이 보인다. 아마도 이 얼굴이 영정 사진이 될 테지만.

대니가 청첩장 봉투에서 무언가를 더 끄집어내더니 한참 만에 씩 웃는다. 대니 얼굴에 차오른 웃음이 다시 감탄으로 바뀐다.

"왜 그러냐, 대니?"

"어이쿠야, 꼼꼼하시긴. 할아버지가 아예 영수증으로 보내셨습니다. 우리 형님은 이제 어디든 갈 수 있게 되었네요. 공항에도 맘대로 갈 수 있겠습니다, 형님."

대니가 건네준 건 꽁지돈 갚은 영수증이다. 도무지 원금이 얼마인지도 아득한 그 웬수 같은 꽁지돈을 완납했다는 도장까지 찍혀 있다. 그 도장 옆에는 노인의 사인처럼 휘갈겨 쓴 한 문장이 도장보다 더한 법적 효력을 발휘하는 듯 보인다.

빠레, 살라맛 뽀.

"아유, 노인네…… 언제 다 이런 걸 처리했대?"

나도 모르게 영수증을 끌어안고 눈물을 글썽인다. 이곳에 와서 미모사를 보며 왈칵한 이후로 눈물을 글썽이기는 처음이다. 울먹이는 나를 보고 대니가 웃음을 참으며 겨우 대꾸한다.

"그때 할아버지가 그러셨잖아요? 두 달간만 살려주면 일 마무리 해놓고 스스로 죽겠다고요. 약속을 지키신 겁니다."

"어쩐지 이상했어. 근래에 카지노 측 득실이들이 찾아오지 않더라니까. 이건 이곳을 떠나라는 계시다. 대니, 이 기회에 우리 한국으로 들어가자."

"미쳤습니까? 그쪽에는 굵게 친 사기가 하도 많아서 안 됩니다. 어딜 가도 그 사람들과 마주치게 될 겁니다, 형님."

"야 인마, 공소시효라는 게 있잖아?"

"괘씸죄는 공소시효가 없다고 했습니다. 장군이 형님이 저 볼 때마다 그 말 했다니까요. 그중에서도 질 나쁜 사기가 그렇답니다. 평생을 살아도 탕감이 안 된다면서요."

"야, 이제 자동차 매장도 없고 여기서 계속 어떻게 살아가냐? 바쁘게 이장 노릇 해도 돈 몇 푼 안 나오는데."

"에이, 왜 그러십니까? 형님은 이 동네 이장이 젤 잘 어울리십니다."

에필로그

다시 필리핀 루이시따골프장. 오늘 부킹한 골프객 두 명과 골프를 치고 있다. 내가 볼을 주우러 갈 때 그 신사 중 한 명이 내 쪽으로 걸어온다. 은근하게 다가온 신사는, 친구의 일이라면서 청부 살인에 대해 슬쩍 묻는다.

"친구가 아주 억울한 원한이 있는 모양이라서요…… 여기서는 단돈 몇 푼이면 원한을 풀 수 있다던데요?"

나는 신사를 오래 바라보다가 조용히 말한다.

"단돈 몇 푼으로 원한을 풀 수 있는 곳이 어디 여기뿐이겠습니까. 중국에 가서 야외 놀이공원의 바이크를 태우는 방법도 있습니다. 정말이지 몇 푼만 주면 그 바이크가 절벽으로 굴러떨어지지요. 바닥까지 떨어지는 데 대략 삼 박 사 일이 걸린다더군요. 물론 명이 질겨서 살아 돌아온 경우도 있습니다."

"어, 그래요?"

"예. 그런데 그 친구분 원한을 풀어주기에 이곳엔 벙커가 너무 많은 것 같은데요. 그렇지 않습니까?"

신사는 눈을 반짝이며 다가오더니 내 앞의 벙커를 가리키며 묻는다.

"이런 벙커를 말하는 겁니까?"

"이런 벙커는 이렇게 피해야 제맛이지요."

나는 샷을 날린 다음 조용히 한마디 한다.

"제가 이 동네 이장이거든요."

멀리 날아가는 골프공을 보며 신사가 열렬히 외친다.

"나이스 샷!"

작품 해설

코리아노 피카로의 진화 생존기

정실비(문학평론가)

이 소설에는 세 가지가 없다. 첫째, 주인공 제임스 박에게는 딱히 정해진 소속이 없다. 그는 필리핀 이민국에서 발행하는 워킹비자가 없는 불법체류자이며 부모의 호적에 오르지 못했기에 "태어나면서부터 불법체류"(23쪽)자다. 둘째, 주인공이 활동하는 장소인 앤젤레스 시티에는 지켜지는 원칙이 없다. 이곳에서는 "안 되는 게 없고 또 되는 것도 없다"(130쪽). 그러므로 'Angeles City(천사들의 도시)'라는 지명은 이 소설에서 그 자체로 하나의 훌륭한 반어법이 된다. 셋째, 등장인물들 사이에는 신뢰가 없다. 제임스 박이 "몇 년간 온몸과 마음으로 깨달은 두 가지는 여기 필리피노들을 믿지 말 것과 이곳에 있는 코리아노는 새로 들어온 코리아노를 상대로 사기를 친다는 것이다"(27쪽). 그렇다면 작가는 소속과 원칙과 신뢰를 '부재중'의 상태로 만든 뒤 그 빈자리에 무엇을 초대하는가.

적자생존: 빡가에서 제임스 박으로

소설은 제임스 박이 살인을 청탁받는 장면으로 시작된다. 그러니 소설의 첫 장을 이제 막 넘긴 독자에게 제임스 박은 닳고 닳은 범법자처럼 보일지도 모른다. 그러나 이 소설은 첫 장 이후로 제임스 박이 '왜' 범법자로서의 삶을 살아야 했는지를 설명하는 데 많은 페이지를 투자한다. 기지촌에 버려졌던 제임스 박이 대니에게 사기를 당한 뒤 필리핀에서 대니와 함께 소소한 사기를 치며 살아가게 된 과정을 작가는 지루하지 않게 풀어놓는다. 이렇게 그의 성장 배경과 현재 상황에 대한 서술을 따라 읽다보면 우리는 조금씩 그의 편이 된다. 그리고 그의 편에 서게 된 뒤 우리는 그가 진짜 '나쁜 범법자'인지 묻게 된다.

이 질문에 대답하기 위해서는 한지수가 2006년에 발표했던 「천사와 미모사」라는 소설로 거슬러 올라가보아도 좋을 것 같다. 한지수는 중편소설 「천사와 미모사」를 개작하여 장편소설 『빠레, 살라맛 뽀』로 재탄생시켰는데 「천사와 미모사」에서는 범법과 불법을 엄밀히 구분하려는 작가의 시도가 발견된다.

> 언젠가 아내의 사전에서 불법의 뜻을 찾아보았다. '법에 어긋남'이라고 씌어 있었다. 내친김에 범법을 찾아보니 '법을 어김'이라고 씌어 있었다. 그러니까 범법은 고의적인 것이고 불법은 어쩔 수 없이 그렇게 된 것인데, 그 '어쩔 수 없는 상황'이란 것이 다 자기들이 정한 바에 의해 결정되는 것이다. 따라서 이곳에서 사업을 하는 외국인들이야말로 '어쩔 수 없이' 그들의 무궁무진한 돈줄인 셈이다.
>
> _「천사와 미모사」 50쪽, 『자정의 결혼식』, 열림원, 2010.

사정이 이러하다면 앞서 쓴 '범법자'라는 말은 수정되어야 할 것 같다. 『빠레, 살라맛 뽀』의 제임스 박에게 '사기'란 어쩔 수 없이 "최소한의 생계를 위해 필요한 일"(9쪽)이기 때문이다. 그런 면에서 이 소설은 피카레스크picaresque 소설의 전통을 이어받고 있는 것처럼 보인다. 피카레스크 소설은 피카로picaro의 일생을 자서전적으로 풀어내는 소설로 피카로는 우리말로 악당, 건달, 무뢰배 정도로 풀이될 수 있다. 피카로는 부도덕한 사회에서 살아남기 위해 부도덕한 일을 범하는데, 그가 악행을 저질러도 독자는 그에게 반발심을 느끼기보다 오히려 매혹된다. 그가 저지르는 악행이 쾌락을 위해서 행해지는 것이 아니기 때문이다. 피카로는 먹고살기 위해 악행을 저지르며 그 과정에서 그의 악행은 부도덕한 사회 현실을 폭로하는 기능을 한다. 피카로의 작은 악惡이 더 큰 악惡을 보게 하는 것이다. 제임스 박의 경우를 보라. 그는 불법체류자이며 동시에 영사관의 심부름꾼이다. 그는 "법의관 꼬붕으로 삼 년째"(40쪽) 부검에도 참여하고 수사도 한다. 불법체류자이면서 법의 협력자이기도 한 것이다. 이처럼 그는 모국과 외국 사이에서, 합법과 불법 사이에서 '빡가'가 아닌 '제임스 박'으로 살아간다. 버려지고, 속고, 얻어맞고, 빚을 지며 살아갈 수밖에 없는 환경에 적합한 생존 형태는 한국인 빡가가 아닌 코리아노 제임스 박이기 때문이다.

작가는 제임스 박의 경계인境界人으로서의 지위를 이용하여 국가기관이나 경찰 조직의 불법성을 폭로한다. 연락도 없이 연신 떡값만 받으러 나오는 이민국 직원들, 언제든 뒷돈 받을 준비를 하고 있는 경찰, 제임스 박은 그들과 때에 따라 담합하거나 갈등함으로써 법보다 돈이 힘이 세다는 것을 '몸소' 보여준다. 제임스 박은 힘있는 조직이 힘없는 개인에게 가하는 압력을 체현하는 존재인 것이다. 그러므로 그가 "외압이 가해지면 수분이 재빨리 밑동으로 내려가서 자신을 보호하는"(34~35쪽) 미모사에게서 자신의 모습을 발견하는 것은 매우 자연스러운 일처럼 보인다.

> "(……) 그 말에 부끄러움을 견디다 못한 미모사는 그 자리에서 한 포기 풀로 변하지. 손을 대면 움츠러드는 건 부끄러움 때문이라고 해서 꽃말도 부끄러움이래."
> "그런 말 들었다고 다 풀로 변해버리면 이 세상은 벌써 숲으로 변했겠다. 집집마다 거리마다 풀이 무성해지면 환경엔 좋겠네."
> 장군은 나를 물끄러미 바라보다가 눈을 가늘게 뜬다. 저런 시선에도 면역이 생겼는지 이제는 아무렇지도 않다. 나와 눈이 마주치자 장군이 미간을 모으고 상을 찡그린다. 그 바람에 눈썹이 살짝 붉어진다.
> "형, 미모사는 신경초야. 그래서 밤에도 잎을 접고 오므라들어. 알겠어? 식물도 자기 보호 본능이 그렇게 뛰어나."
> _154쪽.

이 소설에서 미모사는 '부끄러움'뿐만 아니라 '자기 보호 본능'을 지닌 존재에 대한 비유로서 사용된다. 미모사는 부모에게 버려지고 주변인에게 속으며 살아온 탓에 의심이 많은, 또한 가진 것이 없고 갚을 것이 많기에 늘 생존에 전전긍긍하는 제임스 박과 꼭 닮았다. 자기 보호 본능과 생존 본능에 충실한 제임스 박이 바라본 필리핀은 어떠한가. 그에게 필리핀은 낯선 외국이 아니다. 오히려 제임스 박은 화산 폭발의 잔해 속에서 살아가는 필리피노들의 얼룩진 얼굴에서 "오래전의 나를 흑백사진 안에서 보고 있는 듯한 아련함"(13쪽)을 느낀다. 한지수의 소설에서 한국이든 필리핀이든 '못 가진 자'는 똑같이 불행하고 어딘가 닮아 있다. 그리고 우리는 태어날 때부터 '못 가진 자'였던 이 남자의 눈을 통해 상부 기관의 악을 볼 수 있게 되고 하층민의 피로를 볼 수 있게 된다. 작가는 이렇게 어떠한 주의 주장도 내세우지 않고 오로지 살아남기 위해 환경에 적응하려는 남자의 삶을 보여줌으로써 사회 풍자에 성공한다.

변이: 사기꾼에서 살인꾼으로

1장이 제임스 박이 필리핀에서 어떻게 뿌리내리는가를 보여주는 데 할애되었다면 2장은 제임스 박이 애써 내린 뿌리를 흔드는 데

바쳐진다. 한지수는 「천사와 미모사」를 분해하고 변용하여 『빠레, 살라맛 뽀』의 1장과 3장으로 재배치했으며 노인 청부 살인 사건을 새로 써서 2장에 삽입했다. 인물의 변화나 정조의 변화 등 세세한 차이가 눈에 띄지만 무엇보다 두 소설 사이의 결정적인 차이는 2장의 있고 없음에서 비롯된다. 그렇기에 2장의 역할을 살펴보는 일은 매우 중요하다. 2006년에는 없었다가 2015년에 새로 등장한 '노인'은 누구인가. 그는 이 소설에서 무엇을 하고 있는가.

노인은 무엇보다 '이야기꾼'이다. 그는 쉬지 않고 자신의 경험을 들려준다. 중요한 것은 그의 끊임없는 이야기가 끊임없이 제임스 박의 계획을 방해한다는 것이다. 제임스 박은 빚에서 탈출해서 '가진 자'가 되기 위해 '사기꾼'에서 '살인꾼'으로 변신을 시도하나 이 이상한 '이야기꾼'의 등장은 그의 계획을 자꾸만 지연시킨다.

> "내 말을 믿게. 난 거짓말 안 한 지가 삼십 년이 넘었네. 삼십 년 전 내 평생에 너무 큰 거짓말을 했지. 그때 이후론 정직하게 살려고 지금까지 노력해왔네."
> 그러고는 묻지도 않은 자신의 지난날을 무슨 자서전처럼 풀어놓는다. (……) 대니와 나는 우리의 궁극적인 목표인 살인에 대

한 생각을 잊고 노인의 이야기에 빠져든다. 정신을 차리려고 애를 썼지만 노인의 유창한 말과 매끄러운 목소리를 중단시키지 못하고 쩔쩔맨다.

_62~63쪽.

셰에라자드가 끊임없이 이야기를 하는 동안 왕이 셰에라자드를 죽이지 못했던 것처럼 노인이 끊임없이 이야기를 하는 동안 대니와 제임스 박은 자꾸만 계획을 실행할 타이밍을 놓친다. 노인이 이야기를 하고 제임스 박과 대니가 이야기를 듣는 동안 그들의 관계는 기묘하게 역전된다. 노인이 피해자임에도 불구하고 적극적인 시선을 보내며 "고맙네, 고마워. 살아오면서 이렇게 스릴 있었던 건 몇 번 되지 않는다네"(61쪽)라고 감사의 말을 전하는 반면 대니는 가해자임에도 불구하고 블러드 포비아임을 고백하며 "나 좀 풀어주십쇼"(76쪽)라고 애걸하는 것이다. 인질범들은 야자수 열매 살인 계획, 보트 살인 계획, 비행기 살인 계획 등 다양한 계획을 실행에 옮겨보지만 그때마다 인질보다 더 위험에 처하거나 인질과 함께 위험에 처하게 된다. 관계의 우스꽝스러운 역전이 반복되고 변주되는 동안 독자는 실소하게 된다.

나아가 작가는 독자로 하여금 인질범과 인질 사이의 유사성을 발견하게끔 유도한다. 제임스 박은 대니와 노인을 보며 이렇게 생각한다. "그러고 보니 두 사람 입 놀리는 게 어쩜 그리도 닮았는지. 물론 저 이빨은 사기가 목적이고 노인네 입은 설득을 목적으로 하는 게 다를 뿐이다."(149쪽) 대니와 노인만 닮은 것이 아니다. 제임스 박은 노인을 건달들에게 넘길까도 생각하다가 오래전에 자신이 당한 수모가 떠올라 그만둔다. 제임스 박은 그 자신이 가해에 시달려온 인물이기에 쉽사리 가해자의 위치로 도약하지 못한다. 가해자가 피해자에게 동화되어서 공격적인 성향이 감소되는 리마증후군(Lima Syndrome)을 한지수는 블랙코미디풍으로 풀어낸다.

이렇게 인질범과 인질, 가해자와 피해자의 관계가 쉬지 않고 뒤틀리면서 청부 살인은 '지연'된다. 결국 제임스 박은 살인꾼으로의 변이에 실패하고 작가는 독자에게 웃음을 주는 데 성공한다. 그러나 노인이 웃음을 위해서만 투입된 인물은 결코 아니다. '가진 자'로서 생존하기 위해 살인꾼이 되기를 선택한 제임스 박에게 노인은 '비우는 삶'에 대한 이야기를 들려주기 때문이다. 노인은 더 가지라고 말하지 않고 '궁하면 통한다'고 말한다. 또한 노인은 이루라고 말하지 않고 '비우는 게 더 큰 성공'이라고 말한다. 나아가 백 번 싸워서 백 번 이기라고 말하지 않고 '백 번 싸워서 백 번 이기면 아름답지 않다'고 말하기도 한다. 노인의 이야기는 장황하고 무질서해 보이나 되짚어 종합해보면 '올바른 생존법'에 대한 말들로 가득 차 있다. 작가는 이렇게 노인을 통해 제임스 박의 비뚤어진 상승 운동을 있는 힘껏 끈질기게 저지한다.

재적응: 제임스 박에서 제임스 박으로

작가의 저지는 3장에서도 계속된다. 3장에서 제임스 박은 수용소에 수감되고 만다. 노인이 제임스 박의 변이를 천천히 지연시키는 역할을 했다면 수용소는 제임스 박의 변이를 단숨에 정지시키는 역할을 한다. 2장에 이르기까지 '가해자'이자 '가진 자'가 되고자 공격성을 고조시키던 제임스 박은 수용소에 수감된 이후로는 공격성을 상실해버린다. 그는 수감된 이후 그간 우습게 여겼던 현지 이민국 직원들을 "섬뜩하게"(190쪽) 느낀다. 그리하여 그는 "시간을 헤아리는 기준을 바꾸기로 한다. (……) 입소 전의 제임스와 입소 후의 제임스로 구분하는 것이다"(190쪽). 타인을 향한 공격성을 상실한 뒤 그가 하는 것은 자신의 위태롭고 초조한 내면을 그대로 바라보는 일이다.

나는 아이의 눈을 들여다본다. 새까만 눈동자가 반짝이면서 흔들리는 듯하다. 그 눈동자에 백오십 평 하늘이 고스란히 떠 있고 그 하늘 가운데 내가 보인다. 초조와 체념을 칠 대 삼으로 섞어 버무린 얼굴이 불안하게 흔들리고 있다. 아이는 나를 오랫동안 볼 수 있도록 눈을 깜빡이지 않는다. 한참 후에 아이가 눈을 깜박이더니 내게 괜찮냐고 묻는다.

"힘들지요? 많이 아프고."

무당의 입에서 저런 말을 들었다면 목 놓아 울었을 것이다. 자기 속내를 알아주는 말을 들으면 갑자기 모든 게 서러워 흐느끼게 되듯이. 나는 그렁그렁해진 눈으로 아이를 바라본다. 아이의 눈 속에 비친 내가 정말로 힘들고 아파 보인다.

_196쪽.

위악적인 언행으로 하루하루를 버티던 제임스는 자신의 속내를 알아주는 아이의 말을 듣고 단숨에 무너진다. "힘들지요? 많이 아프고"라는 말은 어떠한 수사修辭도 없이 그의 깊숙한 곳을 어루만진다. 어쩌면 그가 화장실에 갈 때마다 보던 귀신은 그의 지치고 피로한 신경이 만들어낸 환영이었을지도 모른다. 아이와의 만남은 제임스 박의 위악을 정지시키고 피로를 달래준다. 그러므로 수용소에서 나올 때의 그는 수용소에 들어갈 때와 달리 오히려 그곳에 더 있고 싶어하는 것처럼 보이기까지 하는 것이다. 수용소에서 나온 그에게 앤젤레스 거리의 풍경은 더 이상 불편하지 않고 눈물겨우며 타갈로그어도 "거슬리지 않는다"(222쪽). 그의 마음만 변한 것이 아니다. 그의 처지도 변한다. 그가 보스 행세를 하던 매장이 팔려버렸기 때문이다.

여기까지 읽었을 때 제임스 박의 상승 운동은 실패한 것처럼 보인다. 그는 앤젤레스 시티의 보스가 되지도 못했으며, 마닐라까지 진출하지도 못했고, 한탕 하고 한국으로 돌아가려던 계획 역시 무산되었다. 중편소설 「천사와 미모사」는 이 실패의 지점에서 끝난다. 주인공은 아내와 딸이 떠난 집에서 도마뱀 소리를 들으며 쓸쓸하게 홀로 있다. 아리스토텔레스가 쓴 『시학』의 설명을 빌려 소설의 플롯을 비극의 플롯과 희극의 플롯으로 대별해보자면 「천사와 미모사」는 상승하려던 자의 하강 운동을 담아낸 비극의 플롯이라 할 수 있다. 그런데 『빠레, 살라맛 뽀』는 실패의 지점에서 끝나지 않는다. 작가는 모든 것을 잃은 주인공에게 회생의 기회를 준다. 즉 제임스 박은 죽은 줄로만 알았던 노인을 다시 만나게 되고 그를 모른 체하지 않음으로써 행운을 거머쥔다. 제임스 박의 도움으로 되살아난 노인이 카지노 꽁지돈을 갚아주는 것이다.

그러므로 제임스 박의 실패는 실패가 아니다. 이 소설의 에필로그를 보라. 이 소설의 에필로그는 프롤로그의 반복이자 변주인데, 가장 달라진 것이 있다면 그의 생존법일 것이다. 작가는 제임스 박이 이전과 '같은 조건의 삶'을 '어떻게 다르게 사는지' 보여준다. "여기서 코리아노로 살기 싫다. 한탕하고 한국으로 가자"(31쪽)고 말하던 제임스 박은 에필로그에 없다. 에필로그에 있는 것은 "제가 이 동네 이장이거든요"(254쪽) 하고 능청스럽게 말하는 제임스 박이다. 그는 모국과 외국 사이에서, 또한 합법과 불법 사이에서, 가진 것 없이 휴대폰과 몸뚱이 하나로 버티는 자신의 삶을 수용하고 긍정한다. 제임스 박은 이렇게 다시, 제임스 박이 된다.

지속 가능한 생존

한지수는 이렇게 무소속, 무원칙, 무신뢰의 삼무三無 소설을 써 내려갔다. 소속과 원칙과 신뢰가 사라진 자리에 들어선 것들은 경계성과 변칙성과 유동성이었다. 경계의 안과 밖을 오가며 변칙적이고 유동적인 삶을 살아내는 코리아노 피카로를 우리는 만났다.

나는 이 글을 쓰며 '삶'이라는 단어를 여러 번 썼으나 작가는 '삶'이라는 단어가 자신의 소설에 따라 붙는 것을 거부할지도 모른다.

> "형님, 우리 이거 때려치우고 다른 사기나 칩시다. 아무래도 사람 죽이기는 애초에 글렀습니다. 인간은 다 자기 식의 삶이 있는 법입니다."
>
> "삶? 너 지금 삶이라고 했냐?"
>
> "예, 삶이오."
>
> "나는 그 삶이라는 단어가 싫다."
>
> 살과 삼 사이를 교묘히 발음하는 것도 그렇고 왠지 묵직한 느낌이 들어서 나와는 어울리지 않는다.
>
> _123쪽.

이 구절을 읽을 때 제임스 박의 목소리에서 언뜻 작가의 목소리가 들린 것은 우연이 아닐 것이다. 한지수는 삶이 무엇인지 무게 잡고 설명하지 않는 소설가다. 그녀는 삶이 무엇인지 정의하지 않고도, 아니 더 정확히 말하자면 삶이 무엇인지 구구절절 설명하기를 거부함으로써 개성 있는 소설가가 된다. 그래서 이 소설에는 '삶'이라는 점잖은 말보다 '생존'이라는 처절한 말이 더 잘 어울린다. 위악적인 유머와 의도적인 가벼움으로 무장한 채 한지수는 어떻게 사는 것이 제대로 사는 것인지를 우리에게 그저 보여주기만 한다.

그리하여 우리는 웃으면서 읽게 되고 읽으면서 알게 된다. "모든 생물은 다 환경에 맞게 진화"(74쪽)하며 그 진화는 "진저리"(74쪽)를 치면서 이루어진다는 것을. 또한 백전백승의 생존이란 가능하지 않으며 아름답지도 않다는 것을. 한지수는 백 번 싸워서 백 번 이기는 법(百戰百勝)이 아니라 백 번 싸워도 위태롭지 않은 법(百戰百殆)을 고민하도록 우리를 이끈다. 그러니 소설 내내 여기저기 돌아다니던 '사용 시 주의 사항' 스티커를 이제는 갈팡질팡하며 근근이 지속되는 우리의 생 앞에 붙여두어야 할 것 같다.

"부드러운 스펀지를 사용하시면 긁힘 없이 원상태로 오래 사용하실 수 있습니다."(75~76쪽)

작가의 말

내 소설의 주인공은 착하거나 의로운 사람이 아니다. 애매모호하고 어리석어서 늘 제 발등을 찍거나 궁지에 몰려 쩔쩔맨다. 게다가 위악을 떨지언정 위선하지 않는다. 그들에게서 자주 내 모습을 발견하지만 앞으로도 주인공이 착해지는 일은 없을 것이다. 그들은 언제라도 내가 보여주고 싶은 배경 속으로 던져질 것이며 그곳이 흙탕물이든 설탕물이든 제 본성과 세상의 속성을 그대로 보여줄 것이다. 착한 소설은 쓰지 않겠다…….

물 얘기를 하다보니 언젠가 역술인이 해준 말이 생각난다. 물 옆에 살아야 내 운이 상승한다면서 지명에라도 물이 들어가는 곳에서 살라고 했다. 그런데 얼마 전에 인천으로 이사를 왔다. 흙탕물과 설탕물을 가슴에 안고 바닷물 옆으로 왔다. 이상하게도 이곳의 기운이 아주 평화롭다. 언젠가 살았던 곳으로 다시 돌아온 기시감이 강하게 든다. 아마도 나는 인천에서 늙어갈 것이고 착하지 않은 내 소설에 이곳의 풍경이 자주 등장할 것이다. 그리고 예감이 무척 좋다!

세 번째 책을 내면서 착해지지 않으리라는 다짐을 하고, 새해가 이제는 좀 내게도 친절하기를 소망해본다.

2015년 1월

인천仁川에서 한지수

빠레, 살라맛 뽀

초판 1쇄 발행 2015년 1월 30일
지은이 한지수 | **펴낸이** 박진숙 | **펴낸곳** 작가정신
편집 서재왕 김서연 김나리 | **디자인** 홍경민
마케팅 김미숙 박성신 | **디지털컨텐츠** 김영란 | **관리** 윤서현

주소 413-756 경기도 파주시 문발로 207
전화 031-955-6230 | **팩스** 031-944-2858 | **이메일** editor@jakka.co.kr
홈페이지 www.jakka.co.kr | **출판등록** 1987년 11월 14일 제1-537호

ISBN 978-89-7288-564-1 03810

이 도서의 국립중앙도서관 출판시도서목록(CIP)은 서지정보유통지원시스템 홈페이지(http://seoji.nl.go.kr)와 국가자료공동목록시스템(http://www.nl.go.kr/kolisnet)에서 이용하실 수 있습니다.
(CIP제어번호 : CIP2015000487)